海空陸
RIKU MISORA
繪者 WON
落第騎士
英
譚
13

落第騎士英雄譚
Cavalry
13
©Won

「一個擁抱根本不夠當保證啦。」
夜晚的公園裡——史黛菈依偎在一輝的懷中，仰望著他，雙眸中滿是渴求。
©Won

法米利昂
開打。
©Won

奎多蘭 VS
代表戰
©Won

只有她
©Won

不准你對她出手啊啊啊啊啊啊啊啊
黃金騎槍的槍尖
就在下一秒——
深深貫穿
露娜艾絲纖細的軀體。
同一時間，
大量鮮血灑落在瓦礫堆上。
©Won

CONTENTS

間章
凶信

法米利昂皇國皇都——弗雷雅維格。

皇都中央公園內有一處刺眼奪目的光芒。

那是高高架起的木架。

火焰包裹木臺熊熊燃燒。那道光芒正是赤紅的火光。

法米利昂的傳統國葬總是會燃起這樣一座篝火。

法米利昂國民無視〈聯盟〉和〈法米利昂皇國〉發出的國外避難命令，所有人留在國內並舉辦晚宴，在耀眼的火光下弔祭不久前死於奎多蘭軍一役的眾多亡者。

這個國家的公主——史黛菈自然也出現在宴會中。

「米莉，這是啥……？」

「聽說這個叫做『章魚燒』，是日本的料理喔～」

「欸？這是吃的？不是快孵化的異形嗎？」

「米莉也大受衝擊呢。上一次這麼驚嚇好像是看到英國的『仰望星空派』。」

「世界真是寬廣啊……」

「這是毀謗！是誰！哪個傢伙做出這種像怪物卵一樣的鬼東西！」

史黛菈見男友的故鄉遭受莫須有的誤解，急忙大聲反駁。

法米利昂國民為留學歸國的史黛菈做了章魚燒，然而一知半解的知識讓章魚燒的外型出了大問題。

「我參加上屆《七星劍武祭》時在大阪會場吃過真正的章魚燒，絕對不是長這個樣子啦！麵皮外面才沒有長這種扭來扭去的觸手！你們是把整隻章魚塞進去了吧！」

「呃——果然是搞錯做法了。」

「哎呀，我們正覺得奇怪，想說日本大受歡迎的食物怎麼會是『這種鬼樣』。」

「原來只會用到章魚腳啊。那就重做吧。」

周遭的國民聽完解釋，點點頭表示理解。

史黛菈這才鬆了口氣。

她雖然只吃過一次正統的章魚燒，但真要把那麼美味的料理眼前的「珍饈」搞混，未免太對不起關西人了。

誤會是解開了，但問題是她該拿這堆怪物卵怎麼辦——

（這、這外表還真是讓人提不起食慾啊……）

他們應該是在裡頭塞了一整隻小章魚。

史黛菈望著盤子裡的假章魚燒。

一隻隻觸手從白色麵皮伸出來，詭異至極，實在讓人倒胃口。

但這好歹是國民費心為她做的菜餚，她捨不得倒掉，卻又遲遲下不了手。

正當史黛菈在心中天人交戰——

「哦？史黛菈妳不吃的話，妾身就不客氣囉～」

「寧音老師……！」

西京寧音單手拿著啤酒杯，從旁搶走那堆怪物卵。

「嗯嗯，好吃好吃。章魚塞得滿滿的，感覺真是賺到了。這玩意很下酒呢。」

寧音似乎很滿意，一口接一口移平整堆怪物卵。

「喔喔，這位小妹好胃口呀！」

「不愧是稱霸東太平洋地區的〈夜叉姬〉！」

「喵哈哈！還早得很哪！來來來，快拿酒來——！再抓幾個好男人來倒酒啊！快倒酒！酒不夠喝啦！」

寧音外貌嬌小可愛，個性卻豪邁奔放。法米利昂國民似乎相當中意她的豪爽，身邊團團圍繞一大群人。

寧音大吃大喝的模樣確實讓人十分愉快。

史黛菈卻也不免擔心。

「等等，寧音老師！明天就要跟奎多蘭打仗了啊!?妳喝這麼多沒問題嗎!?」

寧音是明天出戰的代表團選手。

假如她暴飲暴食導致隔天動彈不得、無法發揮實力，事情就麻煩了。

史黛菈立刻告誡寧音，寧音卻滿臉通紅地皺眉，反駁道：「嗄啊？」

「小屁孩裝什麼大人，不用妳擔心啦！妾身是個大倫，蕩然知道怎麼自我管理，沒燜題啦！」

……不過她看著的方向空無一人。

「寧音老師妳在跟誰說話呀!?那邊沒有人！」

「呃、喔喔，這邊這個才是史黛菈呀。妾身搞錯惹……欸，奇怪？史黛菈是五胞胎嗎？」

「問題根本嚴重到不行嘛！」

史黛菈高聲尖叫，寧音則是無視史黛菈的焦慮，呵呵大笑。

場面非常熱鬧。

不過，並不只是史黛菈、寧音身邊特別熱鬧。

國葬會場——中央公園內擺滿酒水，國民各自帶來的食材製作成各種料理，會場各處把酒言歡，喧鬧不休。

尤其是篝火四周。

樂隊在篝火旁演奏著歡快的樂曲，人群則是隨著音樂舞動身體。

會場有一段樓梯通往公園外圍的步道，黑鐵一輝坐在階梯上俯瞰下方的喧嚷，

不禁一陣苦笑。

「……完全沒有葬禮的感覺。」

他淡淡地自言自語，然而——

「小子，我國國葬看起來很稀奇嗎？」

樓梯上方的步道傳來說話聲。

一輝十分熟悉這道嗓音，他回過頭去。

「岳父……！」

「誰是你岳父！」

一名臉上蓄有紅鬍的中年男人氣得直跳腳。他正是史黛菈的父親，法米利昂皇國現任國王——

席琉斯・法米利昂。

席琉斯憤恨地駁回一輝的稱呼，一屁股坐在樓梯的最上層，舉起酒瓶仰頭一灌。

接著他一口吐出滿是酒味的氣息——

「我國自建國以來就一直維持這種國葬儀式。據說是法米利昂從奎多蘭獨立成功的當晚，人們為了感謝在獨立戰爭中犧牲的國王家人與人民，點燃龐大的篝火，狂歡三天三夜，這形式一直延續至今。不只是國葬，法米利昂的葬禮不論規模大小，大多都這麼吵鬧。」

他向國外來的一輝解釋自己國家的傳統。

「氣氛和日本的葬禮完全不一樣呢。」

「人們一樣是抱持追思的心情，差別只差在吵鬧還是寧靜。不過……所有人內心再怎麼難過，這個時候還是會拚了命飲酒狂歡，又鬧又笑。」

「……何必勉強自己笑鬧呢？」

「留下的人哭哭啼啼，死去的傢伙不就死不瞑目？」

「！」

「這個國家的國民不希望死去的人懷抱愧疚，後悔自己的死讓心愛的家人傷心難過。所以存活的人們要搭起篝火，像個傻子似的大笑大鬧，好讓天上的亡者聽見自己的歡笑聲。」

生還的人們必須幸福快樂。

法米利昂的人民深信這麼做才是悼念死者最好的方式。

一輝聽見如此奇特的傳統——

「……真是美好的習俗呀。」

他坦率說出心中的感想。

他並不想比較各國習俗的優劣之處。

但是，假設自己真的死去——

他不知道死後的自己會是什麼樣子。

他甚至無法想像自己到時是否還有意識。

即使如此……一輝還是希望自己珍惜的人們能夠常保笑容。

「……哼。」

席琉斯瞥了一輝一眼，一口氣喝乾瓶中的酒，緩緩開口。

——他的語氣不同於方才，十分平靜。

「聽說史黛菈受了你不少照顧。」

「咦？」

「〈黑騎士〉已經向孤報告了。她說史黛菈能獲得那麼龐大的力量，都歸功於你的協助。」

「不、沒這回——」

一輝想回答「沒這回事」。

史黛菈是由於自身強韌的意志，才能超越自我極限，甚至重新塑造自身的靈裝（Device），一舉踏入〈覺醒（Pluto Soul）〉的境界。

「不用謙虛。」席琉斯打斷一輝：

「孤已經全都知道了……你在史黛菈命危的時候阻止〈比翼〉出手，把她逼上死路，這全都是你的功勞啊啊啊————!!」

（哇啊————！）

「小子，你想好遺言要說什麼了嗎……？」

席琉斯語調一變，他緩緩站起身，雙眼充血，粗壯的雙手手指拗得喀喀作響。

他渾身散發帶著高熱的殺氣，一輝的面容頓時刷白。

自己會死在他手上！

一輝反射性察覺這一點，急忙大喊制止席琉斯：

「請、請等一等！那是──」

「怎麼？是誤會嗎？」

「呃、不、倒也不算是誤、誤會……」

「那你憑什麼要孤『等一等』？」

「～～～」

憑、憑什麼呢？

一輝自己也不知道該找什麼藉口。

也難怪一輝會如此慌張。

〈黑騎士〉轉告席琉斯愛德貝格上發生的一切。

〈饕餮〉即將擊殺史黛菈之際，〈比翼〉愛德懷斯正要上前相助，卻遭到一輝出手阻撓。這一切全都是事實，一輝百口莫辯。

一輝只能冷汗直流──

「真、真是非常抱歉！」

「喝啊啊啊────────!!」

轉瞬之間，席琉斯的雙瞳噴發怒火，一拳揮出。

一輝不躲不閃。
自己的所作所為簡直不可理喻。
他很清楚這一點，只能咬緊牙根等待痛楚降臨。
這是自己應得的懲罰。
不過——
（咦？）
席琉斯宛如巨岩的拳頭硬生生停在一輝鼻尖。
「……岳父？」
一輝疑惑地窺看席琉斯。
席琉斯那對與史黛菈相仿的赤紅眼瞳直直刺向一輝，問道：
「你曾對孤說過『你深愛著史黛菈』，那句話只是逢場作戲嗎？」
「不是、那是真心話！」
「堂堂男子漢，自己深愛的女人碰到危機，當然要第一個趕去救她。你為什麼不救孤的女兒？」
「…………！」
一輝從席琉斯的視線中驚覺一件事。
他並非純粹感到憤怒。
席琉斯現在是認真審視黑鐵一輝這個男人。

他這是第一次，以史黛菈父親的身分——親自評斷女兒帶來的男人。

因此，一輝也不作任何掩飾——

「正因為我愛她，我更不能去救她。」

他坦率地道出自己的感情。

「……嗄啊？」

「當時史黛菈為了貫徹自我，拚死抵抗眼前無法掌握的現實。她明知道除了自己以外，每個人都只希望〈史黛菈〉平安無事，她卻執著於〈紅蓮皇女〉的身分與作為。

她時時刻刻檢視自己的不足、悔恨，毫不逃避。

一切只為了繼續做為〈紅蓮皇女〉——她所期望的自己。」

一輝深知這麼做有多困難。

他恐怕比任何人都清楚突破自我的難處。

自己只有這條路可走，〈紅蓮皇女〉史黛菈・法米利昂卻不同。她眼前有無數的選擇，卻獨獨走上最艱難的那條路。所以一輝始終對她抱持一份尊敬。

「我跟史黛菈第一次心靈相通，就源自於這份悔恨。所以我不能出手妨礙，也不能讓別人阻止她面對自我。」

——我絕對不會放棄。就算全身燒傷，我也絕不會輕易放棄。

就在他們相遇的那一天，史黛菈笑著對自己這麼說。而自己也喜歡上這樣的她。

不過……

「這算什麼鬼理由……孤果然不能把史黛菈嫁給你……！」

「——」

席琉斯身為一名父親，根本無法接受一輝這番告白。

眼前的男人只因為這點藉口讓自己的女兒送死，這叫席琉斯如何能認同他？

席琉斯憤恨地拋下這句話，轉過身準備離去。

一輝望著席琉斯的背影，不發一語。

他該說的都說完了。

對方無法接受自己的說詞，這也無可奈何。

但是一輝不會輕言放棄。

他絕不會放棄這段感情，所以只能盡自己所能不斷展現誠意。

即便現階段看不見解決的曙光——

「……不過，孤已經答應你了。」

「咦？」

「孤在卡爾迪亞城鎮戰當下也說過，之前的約定還是有效……法米利昂皇室絕對會遵守諾言。你無論如何都想娶走史黛菈，就用手中的劍讓孤閉上嘴。別妄想用其他方法從孤手中奪走史黛菈。」

席琉斯微微回過頭，這麼告訴一輝。
以前露娜艾絲設圈套逼席琉斯訂下承諾。
他現在再次向一輝表明，自己絕不會反悔。
一輝此時才恍然大悟。
席琉斯的這番話其實是激勵，是為了鼓舞明天即將出征的自己。
既然如此——
「我明白了。」
「……哼。」
席琉斯聽見一輝強而有力的答覆，有些不悅地轉開臉，準備從原路走回去。
然而就在此時——
「呼、哈啊！爸爸，還有一輝，你們在這裡呀……！」
一名嬌小的女子拎著裙襬，從步道匆匆忙忙跑了過來。
她的髮絲色澤比史黛菈、席琉斯稍微淡了些，是漂亮的粉桃色秀髮。
她就是史黛菈的母親——阿斯特蕾亞・法米利昂。
「媽媽？看妳這麼慌張，發生什麼事？」
阿斯特蕾亞聽丈夫席琉斯這麼一問，還來不及喘口氣——
「就、就在剛才、唔、〈聯盟總部〉傳來消息……！」
她急忙將其內容告知兩人。

「什——！」

「妳、妳說什麼——!?」

第十五章　月下亂鬥

「達留葛司令！聯盟軍全體部隊已於奎多蘭外圍邊緣配置完畢！」

「戰車部隊，部署完畢。」

「戰鬥機部隊已於國道十七號配置完畢！」

奎多蘭對法米利昂代表戰前一晚。

聯盟軍接到〈黑騎士〉的救援申請後，已在一個星期內從周邊加盟國召集戰力，全兵力總計一百萬人。

其中約七十萬兵力在奎多蘭國境外圍布下監視網，封鎖陸、海、空所有逃脫路線，避免恐怖分子趁隙逃走；剩餘三十萬名菁英全副武裝，與〈魔法騎士〉集中組成衝鋒部隊，以便在法米利昂敗北之際強行進軍奎多蘭。

而現在，後者位於橫跨波蘭與奎多蘭兩國國境的草原上，沿著國境線散開配置兵力。

菁英部隊由波蘭老將——達留葛負責指揮，他見士兵迅速完成布軍，滿意地點點頭。

「嗯，行動十分快速，看不出是透過特別徵召臨時拼湊成的軍隊。」

「看來平時密集的共同演習展現成效了。」

「令人期待呀。」

達留葛聽完副官的回答，點了點頭，下達命令：

「所有戰鬥人員全面保持第一級戰鬥配置。允許士兵吸菸，嚴禁飲酒。食物僅限於口糧，用餐時必須手持武器。」

「明、明天才要正式進行決戰，現在就要進入備戰狀態嗎？」

「老夫已經下完命令了。」

「「是——下官聽令！立刻前往傳令！」」

傳令兵接到指示，紛紛散去。

達留葛見士兵離去後，走上司令部帳篷旁的岩石上，眺望井然有序的軍隊。

「總兵力三十萬人，光是伐刀者（Blazer）就有五千人以上。這支大軍看起來實在壯觀哪，上校。」

「是，下官能以參謀身分參與如此龐大的軍事行動實在萬幸，此等機會恐怕不會再有了。」

「這種機會是越少越好。我們這一行閒到發慌才是好事。」

「法米利昂……他們能順利獲勝嗎？」

「〈黑騎士〉十分優秀，但敵人也非同小可。」

〈沙漠死神(Haboob)〉──納西姆．薩利姆。

他的稱號名副其實。他是以形同「天災」的強大實力威震歐洲。

再加上敵陣還有〈傀儡王〉這名危險人物。

「不能太期待他們的戰果，太危險了。萬一法米利昂敗北，〈黑騎士〉會在那一瞬間動用事先布下的〈蒼天之門(Divine gate)〉，將我軍主力──伐刀者部隊率先送往奎多蘭首都。同時全軍進軍，以人海戰術殲滅占據奎多蘭的恐怖分子。我們必須遵照〈宰相〉的策略行動。」

「但是司令，現在的布陣雖說是為了迅速趕往奎多蘭，未免太接近國境。我軍在這種位置上部署兵力，即便未實際侵犯國境，對方很有可能行使國際法上的先制自衛權──」

一大夥人手持武器聚在他人家門前，沒人會相信這夥人不帶任何敵意。

合情合理。

不過──

「無所謂，他們要來，就隨便他們。」

達留葛是心知肚明才在這個位置上布陣。

「我軍擁有三十萬名精銳大軍，而恐怖分子僅僅只有四人。他們會放棄全面抗戰，強行改為原本的代表戰，顯然想避免與我軍正面衝突。那無論我軍布陣再怎麼接近國境，他們都很難提出異議。」

既然如此，兵力當然要盡可能配置在最近的距離，以便迅速前往戰場。

假如奎多蘭認定聯盟的包圍網帶有敵意，意圖行使先制自衛權——

「那就——」

『讓我們儘管來，是吧？』

「——……!!」

一道嗓音忽然打斷達留葛。

威嚴十足的嗓音恍若星辰的呢喃，瞬間傳遍遼闊的地平線。

——這無疑是他人使用某種魔法進行對話。

包含達留葛在內，聯盟軍全軍頓時繃緊神經，尋找聲音出處。

沒多久，一名士兵大喊：

「在、在那裡！」

「在月亮下方的那座山丘上！」

奎多蘭方面，位於緩坡盡頭的山丘頂端。

一名黑衣男子背對滿月，佇立在山丘上俯視眾人。

『奎多蘭一旦行使先制自衛權，你們就能將我們的行動視為侵略行動，點燃戰火。並且**按照當初的計畫**採用人海戰術，不等代表戰開打就一舉擊潰恐怖分子（我們）。呵呵……原來如此，不論哪種局勢對聯盟方面都有利。這配置還不賴呀？嗯？』

撫過草原的風緩緩吹動男子身上的黑衣。

達留葛與參謀認得來者的模樣。

『不過，前提是你們有足夠實力幹掉我們。』

「納西姆・薩利姆！」

「主角登場的可真快呀。」

敵人就出現在視野的遠方，距離我方大約一公里外。

達留葛拉起掛在胸前的麥克風，透過下令用的擴音器與敵人對話。

『好戰分子……只有你一個人嗎？』

納西姆聞言，回答帶著濃濃的嘲諷：

『難不成你眼花看到有別人在嗎？老頭子。』

納西姆的聲音宛如野獸的低吼，乘風傳過來。

他和達留葛不一樣，並未使用擴音器。

他應該是透過某種能力傳播聲音。

〈伐刀者〉的能力還真是方便。達留葛再次體會到這一點。

不過對達留葛來說，能輕鬆與敵方對話倒是省了麻煩。

他將手繞過壯碩的身體後方，在納西姆的視線死角對身旁的參謀打暗號。

接著他再次隔著遙遠的距離面對納西姆。

『好眼力，你全說中了。所以？你既然已經清楚老夫的計謀，為何獨自來到這裡？』

『老子我呢……算是特使吧。現在宣布奎多蘭新政府的指示。聯盟擅自在奎多蘭國境附近配置武力。我的雇主，奎多蘭新王——約翰・克里斯多夫・馮・柯布蘭德非常不滿聯盟的作為。想看戲也要守規矩，你們至少得乖乖待在座位上。這是最後通牒，你們最好馬上撤軍。』

『恕難從命。』

『你們想無視警告？』

『我軍才想提出警告。』

『嗄啊？』

『就如你所見哪，戰爭販子。』

達留葛說著，大大張開雙臂。

他的舉動彷彿向納西姆誇耀周遭的兵力。

『我軍不只配備步槍等標準武裝，航空戰力、戰車師團、魔法騎士部隊——這裡配備了所有你想得到的裝備與兵種。

我軍可是召集此處的三十萬人，總計一百萬名大軍，就只為了對付你們四個人。

這批兵力除了展現聯盟的武力，更呈現聯盟的決心。你們就是邪惡，而聯盟絕對不會容忍你們的所作所為。即使你們贏得與法米利昂的戰爭，也絕無寧日。一百萬人對四人，這根本不算戰爭，是單方面趕盡殺絕。照這個局勢，最後只有毀滅一途在前方等著你們。

——我國十分中意你的實力。這可是最後的機會，你何不放聰明一點？』

「司、司令……!?」

「你、你在胡說什麼……！」

達留葛突然開口招降目標之一的〈沙漠死神〉，四周的幕僚頓時議論紛紛。

他們是透過特別徵召組成的多國聯軍，主要目的就是拯救法米利昂與奎多蘭。然而率領聯軍的指揮官居然勸說敵人投靠自己的國家，未免太荒唐。

另一方面——『哦？』納西姆一聽達留葛的發言，摸了摸下巴的鬍鬚，似乎十分感興趣。

『這可有意思了。波蘭打算在本大爺身上花多少錢？』

達留葛回答：

「〈沙漠死神〉……剛才那些不過是場面話罷了。」

「嗄？」

這一剎那——

震耳欲聾的爆炸聲響徹雲霄。

砲火。

而且不只一、兩發。

達留葛方才的對話只是用來爭取時間。〈聯盟軍〉戰車部隊早就趁機調整射角，無數砲彈飛越步兵隊列，朝著納西姆而去。

戰車部隊沿著國境線分散配置，並非所有車輛都能將納西姆納入射程內。即使如此，仍有八十五輛戰車進行砲擊。

所有戰車主砲同時開砲。

砲彈猶如流星群，飛翔於夜空中。

鐵風雷火緊密無縫，傾注而下。

砲火風暴，以及砲火掀起的沙塵瞬間吞沒納西姆所站的山丘。

砲火仍未停歇。

戰車部隊一發又一發射出手邊所有砲彈，不間斷地砲轟唯一的目標。

直到砲轟開始後三分鐘，戰車即將耗盡車內儲存的砲彈之時——

「停止砲擊——!!」

參謀終於下達命令停止砲轟，砲火隨即消停。

爆炸聲停息，耳邊徒留風聲。

所有人默默凝視著爆炸中心。

人人屏氣斂息等待著——

等待吹拂草原的風帶走高高掀起的漆黑沙塵。

於是，直到視野逐漸清晰後，在爆炸中心裡——

……什麼也沒有。

他們不見納西姆的人影，甚至連他腳下的高聳山丘、遍布四周的花草全都消逝無蹤。

一切事物毀於砲火之下。

不留一絲生機。

只剩一片坑坑疤疤的荒野。

「呼……直接命中。司令，突擊成功了。」

「〈伐刀者〉的防禦力甚至能彈開子彈，但那也只等於一套稍微好一點的防彈背心。這點程度的防禦力暴露在六十六點七口徑二十磅砲的密集砲火下，肯定會變成一堆肉片。」

「但是，司令，奎多蘭現在還是聯盟加盟國，毫無預警就先發制人殺死特使，難道不會出問題嗎？」

「問題當然大了。老夫可能會因此丟官，但也僅止於此。這點損失就能解決〈沙漠死神〉，很值得了。」

達留葛說完，便下令確認戰果。

達留葛不惜犧牲前途除去強敵。擔任參謀的上校對長官的決心深感敬畏，同時向眾士兵傳令。

士兵們聽從命令，前往橫跨國境的爆炸中心地帶。

眾人上前確認〈沙漠死神〉的生死。

當士兵們抵達爆炸中心地帶後，過不了多久——

「……喂、快看那裡。」

其中一名士兵找到某樣物體。

那是只剩一半的人類手掌。

而這個地方原本只站著一個人。

這塊手掌的主人呼之欲出。

「看來這的確是那傢伙的肉塊，不會錯了。」

「嘿嘿，那小哥可成了碎塊啦。」

「那當然。〈伐刀者〉再怎麼厲害，也沒道理撐過那麼猛烈的砲火。他居然還一個人傻乎乎地跑出來，真蠢，這傢伙太相信自己的力量了。簡直活該呀。」

敵人的殘骸慘不忍睹。

這也確切證明我軍的勝利。

但冷靜想想，這個結果再當然不過了。

八十五輛戰車同時開砲。

沐浴這片砲火後的下場可想而知。這個結果才是合乎常理，天經地義。

假如他經歷這次砲轟還能存活，那已經不是人類——

『你們才是蠢到極點哪，小走狗們。』

——是怪物。

「「「——————!?!?」」」

那個男人早已碎成碎片，不可能再聽到他的一言一語。然而低沉的嗓音迴盪在夜空中，眾士兵頓時僵住了臉。

『你們以為自己在跟誰交手？你們把我當成什麼貨色了。天經地義？常理？所謂的〈魔人(Desperado)〉就是能一腳踢開**那些玩意**啊！』

「這、這是……！」

納西姆的殘骸忽然間崩解，化作一堆黑砂。

緊接著，荒蕪的大地各處掀起一片片黑砂，黑砂不停盤旋，化作漆黑旋風。

黑色旋風不斷旋繞、凝聚、集結——漸漸成形。

最後構成身穿黑衣的人影。

這道人影正是方才早已碎成粉塵的〈沙漠死神〉——納西姆·薩利姆。

「怎、怎麼可能……」

納西姆透過黑風再次凝聚成形。

眾士兵見狀，內心一陣震驚。

納西姆的身上別說一處擦傷，甚至不沾染一片煤灰。他的模樣讓眾人不得不理解——

方才彷彿流星雨般墜下的重重砲火。

其火力能扭曲地形，對納西姆來說卻是毫無意義。

「哼哼……也罷，導火線已經點燃了。是你們開的火，接下來就是你們朝思暮想的戰爭。小走狗，這次換我出招了，可別讓老子太無聊啊……！」

怪物勾起嘴角，齜牙咧嘴，逐漸走近。

怪物超乎想像的力量深深震懾士兵，只見他一步又一步，緩緩走向他們。

為了揮舞那股足以帶給星球死亡的殘暴之力。

步兵部隊的長官注視這幅猶如惡夢的景象，他慘叫似地大吼：

「開、開始射擊——!!」

「「喔喔喔喔喔喔喔喔喔喔喔——!!」」

士兵們聽從號令，扣下扳機。

恐懼宛如蜈蚣百足撫過他們的心臟。他們射出子彈，只為擺脫心中的懼怕。

納西姆面對迎面而來的反擊——什麼也不做。

「哈哈，用的槍倒是不錯。」

他面露淡笑，無動於衷。

他甚至不打算防禦。

他根本沒有必要防備。

「為、為什麼……!?」

「打中了、明明打中了啊！為什麼他不會死啊!?」

所有鉛彈擊中納西姆的身體後，**直接穿透過去**。

子彈命中、貫穿了肉體，他卻不流一滴血。

因為納西姆將自己的身體化為粒子。

他使用的魔法與〈深海魔女(Lorelei)〉黑鐵珠雫的〈水色輪迴〉系出同源。

只要納西姆保持這個狀態，所有物理攻擊都無用武之地。

納西姆一邊嘲笑士兵無力的抵抗，一邊拉近雙方距離——

「〈沙塵冶金(Alchimia Hierro)〉。」

「呃喝!?」

他將土地分解為沙塵，造出巨大的手槍，朝最靠近自己的士兵扣下扳機。

「磅！」的一聲，子彈擊飛頭骨，腦漿如煙火般四散。

這股威力遠遠超越手槍的範疇——

「沙、沙漠之鷹……！」

「跟非伐刀者玩玩可不能動拳頭，太幼稚啦。」

「噗呃！」

「唔噗!?」

納西姆一個、又一個轟掉士兵的頭。

他愜意地走在槍林彈雨之中，臉上掛著輕蔑的淡笑。

他就像是在獵野鴨取樂似的。

我方不論是射出、命中的子彈數都壓倒性占上風，卻被敵人單方面逼趕、殘殺。他們無法阻止怪物繼續殘殺。

「咿、不要！不要過來啊啊啊啊！」

「混蛋、可惡！這個怪物啊啊啊!!」

「快死啊！該死的！拜託你、快點死啊啊!!」

只見戰友一個接一個失去腦袋。

死神完全沒有減速，在彈雨之中一步步逼近。

滿月之下，活生生的惡夢簡直快把眾士兵逼瘋了。

就在這陣混亂之中——

「閃開！看我用這傢伙炸飛他！」

率領先遣部隊的隊長忽然衝出隊列。

他手上的武器是——反坦克火箭筒！

「怪物，去死吧————！」

隊長一扣下扳機，火箭彈噴射飛向納西姆。

這種武器的威力足以讓尋常伐刀者粉身碎骨。

——但是納西姆可不在「尋常」範圍內。

納西姆將身體化為粒子，子彈、砲彈、炸彈全都對他無效。

即使他的身體被炸飛，也只需要數秒就能再次恢復原狀。

更別說——

「哼！」

「欸……」

士兵軟弱的反擊甚至爭取不到這短短幾秒。

納西姆以空出的右手一**把抓住**飛來的火箭彈。

簡直像抓住不會動的裝飾品，輕而易舉。

他完全不把火藥的推進力當一回事。

接著納西姆將手上的火箭彈直接扔回去——

「「「————!!」」」

榴彈應聲爆炸，瞬間炸飛先遣部隊隊伍。

眾士兵頓時炸了個粉碎，肉片四處飛散。

唯一存活的隊長也因為爆炸失去雙腿——

「放、放過——唔噗!?」

他的哀求徒勞無功，下一秒便被納西姆轟飛了腦袋。

「「「噫、咿咿……!」」」

一百名先遣部隊瞬間全滅。

後續趕來支援的數千人見識到〈沙漠死神〉猶如魔鬼的強大，不禁卻步。

納西姆見到士兵怯懦退縮，大嘆一口氣——

『啊?怎麼了?你們在怕個什麼勁?才死了一百人而已。算起來還是九十九萬九千九百人對一人，你們還占上風哪。大可放一百二十個心，不是嗎?來，放馬過來吧……!』

他出言挑釁，槍口同時瞄準斜坡下方的士兵。他們還嚇得愣在原地。

就在此時——

「一般士兵先撤退!這裡交給我們!」

呼喊聲一落，一群人手持刀劍、長槍與弓箭，紛紛越過動彈不得的步兵部隊，挺身而出。

「哦?是聯盟的〈魔法騎士團〉啊。」

「卑鄙無恥的垃圾!我們可不會讓你繼續放肆!」

「他是以『粒子化』迴避所有物理攻擊!但這種招數需要相當精密的魔力控制!

不可能長時間使用！維持不間斷的飽和攻擊，絕不給他空檔喘息！」

「所有人一起上！」

「「「喔喔——!!」」」

隸屬聯盟的〈魔法騎士〉異口同聲回應，接著呈扇形散開。

眾人瞬間包圍納西姆。

他們準備分別從各自擅長的距離進行魔法攻擊。

周遭的〈魔法騎士〉目測至少超過三百人。

再算上從遠處前來會合的援軍，人數肯定會翻上數倍。

納西姆很難長時間維持粒子化，來閃避如此大量的攻勢。

納西姆不得不承認，這一招的確有效。

不過——

「也要你們靠近得了我……!!」

納西姆嘴角一勾，丟下手槍，握緊右拳。

黃金魔力光芒裹住他的右手，顯現出一組手甲。手甲以帶有如同黑曜石光澤的黑色金屬組成，上頭點綴黃金裝飾——這就是他的靈裝〈乾涸死靈（Toxcatl）〉。

他的右手高舉上天，高聲詠唱——

「席捲一切吧——〈化骸塵暴（Mictlan Tormenta）〉……!!」

下一秒，狂風掀起。

以納西姆為中心掀起一片漆黑沙塵，化為龍捲風。

「「「哇啊啊啊啊！」」」

「這、這陣沙塵暴究竟是……！」

「要掉、掉下、誰來接住我、呃噗！」

漆黑沙塵暴風力驚人，正要突擊納西姆的〈魔法騎士〉一一被風捲起拋到高空中。

大部分〈魔法騎士〉被拋飛後順利操縱能力降落，一部分人則是一時應對不及，墜落地面。

墜下的衝擊足以致命。

「可惡！隊長，不行！這下沒辦法靠近他啊！」

眾多〈魔法騎士〉面對高聳入天、不斷呼嘯的漆黑沙塵，不由得慌了手腳。

負責指揮〈魔法騎士團〉的隊長高喊：

「不要驚慌！不能接近就從遠距離進攻！司令！請下令戰車部隊與航空部隊配合本部隊進攻！再次集中砲火!!」

『明白……！』

達留葛司令官立刻答應隊長的支援請求，隨即下令。

戰車部隊接到命令，砲口再次齊聲噴火。

這次不再只有戰車進攻。

戰機從國道緊急起飛，發射飛彈；

〈魔法騎士團〉施展伐刀絕技（Noble Arts），以火焰、雷電等進行遠距離攻擊；

這次砲火聚集全軍所有的火力。

然而如此集中的飽和攻擊——仍然無法觸及納西姆。

「……！」

砲彈、飛彈、伐刀絕技——所有攻擊一接觸包圍納西姆周遭的漆黑沙塵，頓時偏離軌道，轉向飛去。

一擊都無法命中。不、不僅如此，遭到彈開的一部分飛彈、砲彈甚至落在後方散開的士兵隊伍，造成極大損傷。

「隊、隊長！攻擊完全無效啊……！」

「這什麼鬼魔力……！」

敵人的力量之強大，顯然與我方有如雲泥之別。騎士們一時之間手足無措。

負責統率眾騎士的隊長是一頭紅髮的中年人。他身經百戰，才有本事率領本次大型作戰主力——〈魔法騎士團〉。

因此他的反應不同於其他騎士。

「鎮定點！這就行了。」

就隊長所言，眼前的狀況並不算差。

他們原本就打算採取拖延戰術，促使納西姆的魔力與專注力逐漸疲弱。
敵人只是將防禦手段從粒子化改為沙塵暴，戰況仍然按照他們的計畫行進。
讓他持續使用如此強力的伐刀絕技──
「他過不了多久就會因為魔力耗盡，作繭自縛……！不要給他休息的空檔！攻擊、攻擊，不停攻擊！」
所有攻擊都無法傷及敵人。
但是隊長不被眼前的劣勢矇騙，堅持繼續作戰。
他的判斷可說十分沉著。
他唯一的疏忽──
「…………咦？」
就是誤判納西姆的能力本質。
「怎、怎麼回事？身體、裂開了……！」
疏忽的代價立刻就以可見的形式襲向包圍納西姆的眾多騎士。
騎士隊長勇於站在最前線指揮所有騎士，他首當其衝，率先出現異狀。
首先是皮膚綻裂，肌肉如同木乃伊一般逐漸萎縮，眼球漸漸乾癟。
身體逐漸失去水分。
沒錯，納西姆的能力，其本質正是〈乾涸〉。
現在守護納西姆的伐刀絕技──〈化骸塵暴〉並非純粹掀起沙塵暴。

沙塵暴只是納西姆釋放龐大的魔力流動，所帶來的附加現象。

〈化骸塵暴〉真正的力量，是榨取自身魔力所及範圍內的所有水分。

「呃、啊──────」

隊長驚覺這一點，正想開口警示眾人，卻晚了一步。

他的喉嚨堅硬如石，動彈不得。他來不及發出慘叫，全身直接崩解散為塵土。

這股異變轉瞬間散播至周遭的其他騎士。

「這……大、大家都、變成、沙子……他們一個個都變成沙子了啊！」

「是那陣沙塵暴！沙塵暴把周遭的水分吸得一乾二淨啊！」

「進攻會被彈飛，拉開距離又會被吸成乾屍，這到底叫我們怎麼辦啊！」

「總之一靠近就完蛋了！快逃到暴風吹不到的地方！」

「哇啊啊啊啊啊啊啊啊啊啊啊啊啊啊啊!!」

「哈哈哈！喂喂，背對著我不就沒辦法瞄準目標了？小走狗們，快來啊？想要我的命就快點靠過來！假如你們過不來……那就努力逃吧，讓老子追得愉快點!!」

騎士們失去隊長，無法堅持下去。

他們與身後的步兵部隊一起轉身背對納西姆，拔腿就跑。

納西姆再次強化〈化骸塵暴〉，開始追趕逃兵。

漆黑沙塵變得更加巨大，不斷散布乾涸之力，一個接著一個吞沒跑得較慢的人們。遭到吞沒的人只能腐朽、化為沙礫。

前線全軍潰敗。

再繼續坐視不管，總隊早晚也會跟著淪陷。

總部的幕僚們察覺這一點，紛紛開始坐立不安。

「司、司令！再不想想辦法，周遭部隊會全軍覆沒啊！」

「我們可不知道對手是這種怪物呀！請您下令撤退！」

「————唔……」

達留葛卻文風不動。

他也沒料到召集這麼多士兵、武器、騎士，卻如此不堪一擊。

眼前的敵人跟他們不一樣，他不是人類。

他是魔鬼。

達留葛心懷畏懼，然而他面對逐漸逼近的漆黑風暴，卻遲遲未下令撤退。

——他在等待。

等待我軍唯一的「王牌（Joker）」，只有「他」能與眼前的魔鬼相抗衡。

這名英雄或許能夠擊敗魔鬼，為這絕望般的戰況帶來一道曙光。達留葛在等著他到來。

於是，「他」來了。

「嗄？」

下一秒，遠方飛來一道「蔚藍閃光」，擦過納西姆的臉頰。

護在他四周的漆黑風暴同時煙消雲散，納西姆的臉頰一裂，鮮血飛灑。

納西姆停下了腳步。這是他今晚受的第一道傷。

他瞇起雙眼，盯著利如槍戟的「閃光」飛來的方向。

有一個男人站在那裡。

一名男人手持蔚藍長槍，靜靜佇立在四處逃竄的士兵身後。

「見人就殺呀。看來〈沙漠死神〉就如同傳聞、不，是比傳說中更沒品。」

「……！卡羅！你趕上了!!」

達留葛欣喜地喊道。那名高瘦的中年男子．卡羅露齒一笑：

「不好意思，正義的夥伴(Hero)跟義大利紳士(Italiano)一樣，『姍姍來遲』才算有禮。」

◆◇◆◇◆

奎多蘭與波蘭的國境邊界。

一名紳士頭戴純白博薩利諾帽（註1），身披夾克出現在邊界上。納西姆的雙眼藏在太陽眼鏡後方，微微瞇細，提高警戒。

「卡羅……原來，你就是〈海王(Campione)〉——卡羅．貝托尼嗎？」

註1　原文為Borsalino，為義大利知名製帽品牌。

紳士以槍柄尾端推高帽簷，和納西姆對上眼，承認道：

「正是。初次見面，〈沙漠死神〉——納西姆・薩利姆。」

「哼哼，終於來個稍微有看頭的傢伙了。」

「卡羅先生！太好了，有您在就能扭轉局勢！全軍重振心神！」

「「喔、喔喔！」」

原本呈現半潰敗狀態的〈魔法騎士團〉見到可靠的援軍登場，頓時士氣大振。

不過卡羅卻對氣勢高昂的眾人說道：

「不，請你們退下吧。」

「欸？為、為什麼!?」

卡羅回答滿臉疑惑〈魔法騎士團〉。

他的眼神始終緊盯著納西姆不放——

「人海戰術對那傢伙可不管用。再說，**我的〈伐刀絕技〉已經解除〈指定禁技〉限制，影響範圍又太大**，你們跟在旁邊反而讓我綁手綁腳。」

於是卡羅讓同伴退後，獨自與納西姆對峙。

「在我的國家也能聽到關於你的傳聞。史上最強、最凶惡的傭兵，不分敵我，為所有人帶來平等的毀滅。據說你不斷強取豪奪，親手毀滅的國家甚至超過一隻手的手指數。你倒是賺了不少呀？」

「呵呵，是呀……在這世界比我有錢的人，大概不到十個人吧。」

「你如此家財萬貫還出手挑釁〈聯盟加盟國〉，不覺得自己太愚昧了嗎？明明好好潔身自愛，就能過上富足的生活。還是說你殺了這麼多人，搶來無數金錢，仍然無法滿足私慾嗎？」

卡羅的問題實在愚不可及，納西姆不禁譏笑：

「〈海王〉，你覺得沙漠的乾涸有極限嗎？」

「我會不斷搶奪，直到搶盡世上的一切……！」

他使勁蹬地，速度宛如離弓之箭，疾速逼近卡羅。

納西姆右拳緊握，隱隱散發出死亡氣息，其形恍若紅黑焰火。

他現在的氣勢比對上史黛菈那時有過之而無不及。其認真程度由此可見。

但是卡羅仍顯得不慌不忙——

「真是的，你簡直像一隻賈巴沃克（註2）……也罷，就讓我說給美麗女士聽的枕邊英雄傳說裡，再增添一篇斬妖除魔的詩篇吧……！」

他像是在旋轉手杖似的，輕巧旋動湛藍長槍——〈海神之星(Neptune)〉，擺出架勢迎戰。

接著他配合納西姆出拳的時機，一槍刺出。

——刺向自己的腳下。

「嗄？」

註2　出自《愛麗絲鏡中奇遇》一書，於小說中的一首詩登場的怪獸。

納西姆疑惑，他不明白敵人想做什麼。

但他的疑惑僅維持短短一瞬間。

「禁技(Sealed Arts)——〈第八大海(Adrian Blue)〉！」

下一秒，卡羅的企圖呈現在所有人眼前。

長槍刺穿大地，地面隨即浮現藍白色魔法陣，緊接著魔法陣中央如同瀑布倒流一般，湧出龐大水流吞沒卡羅與納西姆，形成一座巨大間歇泉湧向夜空。最後——

「這、這是……！」

「天空、變、變成海了……！」

眾士兵仰望天空，一陣譁然。

夜空中形成了一片大海。

海水綿延整片天空，水面還透著淡淡星光，浪潮一起一落。

「這就是……〈第八大海〉！」

「沒錯。義大利最強騎士，ＫＯＫ聯盟世界排行第二——享有**史上最強水術士**名聲的〈海王〉——卡羅·貝托尼，唯有他能展現如此奇蹟。」

達留葛深知這個名號的由來。

卡羅·貝托尼為何會被稱為史上最強的水術士？

原因在於他一次製造並操控的水量。

卡羅與歷代名留青史的水術士相比，他所操縱的水量非比尋常。

卡羅製造出的水量並未經過確實測量，但是他曾經**沖刷整座**遭到伐刀者恐怖分子占據的城市。透過這份實績推測，他的力量甚至能影響一個國家的生死存亡。

他的力量如此強大，平時自然是冠以〈指定禁技〉之名，禁止任意動用。

不過——現在面臨緊急狀況。

就如同〈夜叉姬〉的〈霸道天星〉，卡羅也獲得許可動用全力，才會來到這裡。

那麼現在恐怕只有他一個人能打敗〈沙漠死神〉。

卡羅自己心知肚明。

他無法仰仗其他戰友。

因此他不會手下留情。

他第一手就打出自己手中最強的王牌。

為了一鼓作氣搶走戰鬥的主導權，趁勝追擊。

他的計策順利生效。

遍布天空的大海——〈第八大海〉吞入納西姆，將他擄進水中。

「抓到你了。如此大量的海水包圍四面八方，這下你可沒辦法使用自豪的魔法變成沙粒閃避了。」

無論〈魔人〉的力量多麼超乎想像，終究只是人類。

一旦遭人貫穿心臟，必死無疑。

而在這座以星空為容器的深海之中——

他已經身處〈海王〉卡羅・貝托尼的五指山之中。

「哼！」

卡羅奮力蹬水，朝受縛的敵人展開突擊。

他施展長槍五連刺，槍槍瞄準人體弱點。

納西姆墜入天空的深海，行動不便，無力抵擋卡羅的攻擊。不過——

「呿!!」

「——哦？」

刺擊化作深藍閃光，往納西姆身上刺去。納西姆以拳頭一一擊開所有攻擊。

納西姆在海底露牙獰笑：

「你以為我只會變沙子嗎？蠢貨……！」

辱罵藉水傳進卡羅耳中的剎那，納西姆同時行動。

他釋放魔力急遽加速，直接衝進卡羅的懷中。

必殺右拳使勁一揮！

〈沙漠死神〉的剛強臂力在海中也絲毫不減其速。

卡羅面對眼前的威脅，不禁心生佩服。

只有少數敵人落於〈第八大海〉之中，還能如此行動敏捷。

但即使如此——

（〈第八大海〉仍然受我掌控……！）

「〈槍鯨角擊〉!!」

「什麼……!?」

驚呼出自納西姆之口。

必殺右拳即將命中之際卻撲了空，獵物忽然消失。

他閃開了。其迴避速度之快，肉眼完全無法捉摸。

納西姆聽見水中傳來聲響，這才發覺自己的雙眼跟不上對方。

有東西在自己身旁四處亂竄，速度奇快無比。

納西姆試圖以雙眼追逐其身影，卻怎麼也追不上。

他只勉強看見卡羅奔馳過後留下的水泡。

「這速度到底是……」

「這是一種流體物理現象，名叫超空蝕效應。」

在自然界裡有一部分企鵝會使用這種驚人的游泳技術。

這些企鵝會先以身上的羽毛包覆空氣，壓縮成空氣膜。

接著進到水中釋放空氣，讓氣泡包裹身體，在水中製造**無水的空洞**，徹底降低水中摩擦力。企鵝使用這種技巧時，游速無可比擬。

人類也將這種技術活用在武器上，使用超空蝕效應的魚雷航行速度甚至逼近亞音速。

沒錯，光是武器就能達到亞音速。

〈海王〉擁有史上最強水術士之名，他的速度更是無與倫比。

「你以為我只是個溼淋淋的好男人嗎？傻瓜。」

卡羅憑藉高速順勢朝納西姆展開突擊。

納西姆在千鈞一髮之際，漂亮地閃躲這記突擊。

他至今從無數戰鬥中獲取經驗，又擁有出類拔萃的戰鬥直覺。

他全力運作這兩項優勢，勉強避開被串成肉串的下場。

然而納西姆只能一個勁地防禦，戰況依舊不利。

他一閃開攻擊，卡羅立刻掉頭繼續進攻，不給他絲毫機會喘息。

納西姆一躲再躲，極限自然而然到來。

「咳嘔……！」

卡羅的突擊捅進納西姆的上臂，他口中吐出氣泡。

納西姆臉色鐵青，慘狀顯而易見。

是缺氧。

他身處於〈第八大海〉的範圍內，是在海中。

這是卡羅的能力，自己當然不會窒息，納西姆就不同了。

納西姆透過釋放魔力加速，試圖浮上海面攝取氧氣。

但是他的行動毫無意義。

「不管用的。〈第八大海〉是以你為中心布下的水之結界。你一動，〈第八大海〉就會跟著移動，不可能逃出生天。你不該輕視海洋，這片大海就如同母親的胸懷般，無比遼闊。你就在地獄路上盡情後悔自己的愚昧吧。」

卡羅在開戰之初就打出王牌，一舉壓制納西姆，不讓他有任何機會重振旗鼓。

士兵們在一旁觀戰，紛紛為〈海王〉的善戰拍手叫好。

「喔、喔喔喔喔！」

「那個怪物完全招架不住！一面倒啊！」

「太強了！不愧是〈海王〉……！」

戰況顯而易見。

納西姆被囚禁在海底，無法呼吸。

他無力回天。

不可能有方法挽回。

因此——

「哼哼，〈沙漠死神〉也不過爾爾。」

「嘻嘻嘻、哈哈哈……」

「——!?」

卡羅無法理解，為什麼納西姆死到臨頭卻發出譏笑？

「你、在笑什麼？」

「原來如此……這魔法的確了不起。我也幹掉幾個水術士，沒有一個比得上你這傢伙。不過……會變成沙子的傢伙就用水扣住，你覺得這種乖乖牌戰術對老子有用嗎？」

「呵呵，真會吠呀。你這不是快窒息了？居然還有精神嘴硬。你還能做什麼？」

「這堆水逃也逃不掉，那**我就喝乾它!!**」

「唔嗯!?」

納西姆忽然開始做出異想天開的舉動。

他動用自身的能力——「乾涸」，以能力吞飲整片〈第八大海〉。

〈第八大海〉以納西姆為中心產生海流。

卡羅只要一鬆懈，海流強烈的引力隨時都有可能捲走他整個人。卡羅不禁啞然。

（這、這傢伙……！他當真想喝乾〈第八大海〉!?）

「你缺氧缺到腦袋不對勁了！你以為你真的辦得到嗎!?」

納西姆只回了一句：

「誰知道，管他的。」

「什麼!?」

「我說過了，我是第一次對上你這層級的水術士。沒做過的事鬼才知道結果。」

不過──

「……我可是〈沙漠死神〉，你以為我吞掉多少國家！吸乾多少生命與鮮血!?結果我還是無法滿足，現在這點小水灘又怎麼可能填滿我那飢渴無比的『慾望』啊───!!」

「唔、嗯嗯!?」

他的咆哮彷彿從海底震盪整片海洋。

〈第八大海〉內盤旋的海流同時增強。

這下無庸置疑。

他是認真的。

納西姆確實打算以蠻力強行突破〈第八大海〉。

（別開玩笑了，他不可能做得到……！）

他的確認為〈沙漠死神〉的力量很了不起。

〈第八大海〉現在正以可怕的速度逐漸乾涸，但是……看看那張臉。

嘴唇發紫，雙眼充血。

納西姆顯然因缺氧瀕臨極限。

過不了幾分鐘，納西姆的意識就會墜入海底深淵。

氧氣送不到腦部，當然只有昏倒一途。

只要〈魔人〉一天還是人類，必然逃不掉這個結局。
但是——
「————〈海神標槍〉!!」
奄奄一息的敵人卻讓卡羅莫名焦躁。這股焦急推動了他。
他凍結〈第八大海〉的一部分，在身後造出一整片冰槍陣——
「給我乖乖去死吧……!!」
他粗魯大吼，同時發射所有冰槍。
冰槍快速射向大海。
冰槍被海流吸入變得更加迅速，直線飛向納西姆。
無數冰槍瞬間貫穿他。
大量鮮血噴灑而出，使湛藍海水沾染一片骯髒的紅黑色。
攻擊確實生了效。
然而卡羅的攻勢並未結束。
「喝啊啊啊!!」
這次換成卡羅自己冒險上陣，對被無數冰槍貫穿的納西姆展開衝鋒。
自身彷彿化作箭矢，以超空蝕效應的高速刺向敵人心臟——
他給了納西姆最後一擊！
靈裝〈海神之星〉彷彿被納西姆吸進體內，刺入胸膛，捅破心臟，貫穿了肩胛骨。

卡羅確認自己給予敵人致命傷害，這才終於放鬆焦躁緊繃的神情。

但是──

「──────!?」

他的表情頓時凍結，滿臉震驚。

納西姆居然伸手抓住貫穿自身心臟的〈海神之星〉。

「不夠啊……不就是一把小槍捅過心臟，哪殺得死怪獸？」

「唔！」

卡羅反射性想拔槍，長槍卻卡在納西姆的身上，一動也不動。

納西姆的手緊緊扣住〈海神之星〉，力量非同小可，根本不像一個瀕死之人。

不、他不只是臂力驚人。

他的「乾涸」無窮無盡，不只吞飲〈第八大海〉，甚至漸漸吞下插滿他全身的無數冰槍。

卡羅驚覺這一點，猛地抬頭一看，原本遍布天空的〈第八大海〉，如今只剩下一個小小的池塘。

「怎、怎麼可能？〈第八大海〉真的，乾涸了……！」

「沒錯，這片海洋沒多久就會徹底乾涸。你沒剩多少時間了……！

不過你還活著！正義的夥伴還有命在就能引發奇蹟！沒錯吧!?

來吧，〈海王〉，現在就是斬妖大戲的最高潮!!

絞盡腦汁！卯盡全力！

你就盡情榨取自己的一切，讓我看看你要怎麼逃出生天——!!」

「噫……！」

卡羅頓時發出抽搐般的悲鳴。

是因為他使盡渾身解數進攻，納西姆依然無動於衷——並不是。

納希姆極度缺氧，導致臉色瘀血發紺。

無數刺穿痕跡遍布全身。雙眼、雙耳、鼻孔——全身所有的孔洞汨汨流出鮮血，顯然是內臟破裂導致血液逆流。

微血管大量破裂使得雙眼赤紅充血，兩顆眼珠偏向詭異的方向，無法聚焦。

他已經死了。

卡羅經歷無數死境，親眼目睹數人死去，所以他很清楚——

一個人類傷勢如此悽慘，根本不可能存活。

不、他即使勉強苟延殘喘，也完全無法動彈。

他只能昏厥，等待死亡降臨。

卡羅確實給予納西姆迎頭痛擊。

這些攻擊肯定足以致命。

但是——

眼前的敵人——〈沙漠死神〉卻毫不在乎。

不、他甚至十分享受這一切。

他享受著這場戰爭、這場打鬥，甚至是瀕臨死境的自己。

充血渙散的雙眼裡仍然保有殺意之火。他露出利牙，戰鬥的愉悅還高高掛在唇角。

納西姆的模樣讓卡羅深深明白一件事。

他的想法就跟眾多士兵相去不遠。

他們對上的——不是人類。

這個男人會以人類的身分，以人類該有的死法死去？

他們根本無法想像那種稀鬆平常的場景。

這個男人即便被砍下腦袋都不會停止戰鬥。

如此詭異的傢伙豈能以「人類」稱之——

「放、放開我、你這個怪物————!!」

「————嗄？」

卡羅放聲慘叫、辱罵納西姆，同時一拳揍上他的臉。

只為了讓眼前的怪物放開長槍，好讓自己逃離對方。

他的攻擊當然毫無意義。

眼前的敵人即便全身遭到刺穿都無動於衷，如今怎麼會害怕區區一拳？

卡羅陷入嚴重恐慌，根本無法做出合理的判斷。

納西姆無止盡的「殺意」，甚至願意欣喜地投身死地。這股「殺意」令卡羅驚慌不已。

另一方面，納西姆見到卡羅陷入混亂，唇邊的喜悅漸失——

「放、嗚噗!?」

漆黑手臂猛然伸出，一把抓住卡羅的臉。

接著——

「〈空口說白話的傢伙（唐吉訶德）〉，露餡了嗎？」

短短一瞬間，戰鬥拉下終幕。

納西姆的臂力猛如鬼神，彷彿捏爆番茄似的，一掌捏碎卡羅的頭骨。

卡羅的屍體失去支撐，從高空中摔落地面，悽慘地散成碎塊。

〈海王〉的戰敗同時決定這場戰爭的局勢。

「卡、卡羅先生……他、輸了!?」

「不會吧……？怎麼可能——」

「唔、撤退！向全軍傳令！允許拋棄裝備，全軍火速離開這裡！」

衝鋒部隊眼看失去王牌，立刻撤退。

不、他們並非規規矩矩地「撤退」。

這是逃跑。

他們丟下武器，慘叫連連，頭也不回地逃離此地。

納西姆望著衝鋒部隊落魄的模樣，不禁失笑——

「〈聯盟〉、〈同盟〉，你們這些傢伙總是這副德行。平時自以為世界和平的守護者，結果一發現敵人太棘手就捲起尾巴逃之夭夭。既然沒有像野狗一樣橫死街頭的決心，就不要隨便闖進老子的戰爭裡攪和!!」

他揮動右拳砸向地面。

同一時間，地面伴隨一陣地鳴，**應聲崩塌**。

「反正你們連狗都不如，螻蟻一般的死法最適合你們。」

大地失去水分化為流沙，一個接著一個吞沒聯盟軍的衝鋒部隊。

轉身逃跑的人們、開砲協助步兵逃亡的戰車，無一倖免。

無法抗拒的龐大力量將地面上所有事物拖入地獄。

彷彿一座巨大的蟻獅巢穴。

士兵驚恐地尖叫，拚命伸出雙手想抓住什麼；

身處於崩塌範圍外的軍隊試圖救助同伴。

然而一切都是白費力氣。

地盤整個崩塌，他們無處可抓，無處可逃；

貿然上前救助只是增加新的犧牲品。

沒有任何人得救。

納西姆的一擊讓〈聯盟軍〉失去大部分衝鋒部隊，損失四分之一兵力。

◆◇◆◇◆

「……這群膽小鬼還是老樣子，沒半點骨氣。」

聯盟軍朝著地平線的另一端敗走而歸。納西姆不屑地罵道，並將湧上喉頭的鮮血混著唾沫吐到一旁。

於是，國境上的爭端以納西姆——奎多蘭的勝利告終。

戰況告一段落，〈沙漠死神〉從懷中取出乾巴巴的香菸，點上火。

就在此時——

『呦齁，〈沙漠死神〉，辛苦你啦。』

像是看準了時機，一道男女莫辨的中性嗓音傳進納西姆耳中。

這是〈傀儡王〉歐爾．格爾的聲音。

『說實話，〈海王〉登場的時候我還捏了把冷汗，不過你根本不把屬性相剋當一回事呢。世界最強傭兵果然名不虛傳。居然誤以為我們是畏懼聯盟軍的人海戰術才選擇代表戰，真令人不爽。這樣總算是還我們清白了。啊哈　啊哈。』

納西姆嘆息似地吐出煙霧——

「……那點程度的傢伙根本不夠看。說到底，那群弱雞只會搬出什麼正義、大義，老在單純的厮殺加上好聽的理由，完全不懂得享受無意義的死亡。那些傢伙再多來幾把都一樣。」

『哈哈，真毒呢……看你這麼不屑其他人，對〈夜叉姬〉倒是挺執著的嘛。』

「——」

『你今天會乖乖聽我的命令，是因為不希望明天有人打擾你跟她的打鬥，對吧？真不知道你到底看上她哪一點。論能力相剋程度，〈海王〉還比她強多了吧？』

「小鬼頭(Punk)，跟你無關。屁孩就乖乖跟其他屁孩鬼混去。」

『嗯哼？算了，反正我對〈夜叉姬〉沒興趣。法米利昂・奎多蘭附近的〈聯盟軍〉實質上已經瓦解。〈聯盟〉現在還要面對**另外一個大問題**，他們不可能再把兵力調來法米利昂。不會有人來打岔了……就讓我們盡情享受明天的樂趣吧。』

「還用得著你說？你要是敢再來攪局，我第一個先劈了你。」

『啊哈、真可怕。我會記住的。』

歐爾・格爾最後說了句「拜拜」，聲音就此中斷。

光是聽到他的聲音就想吐。

納西姆的耳根子終於清靜下來，他再次深吸一口菸，扔掉香菸。

他乘著沙塵暴浮向空中，而他的腳下——

大規模地層下陷造成的流沙地獄。

裡頭早已聽不見任何慘叫聲。

所有人都靜靜沉睡在沙棺之中。

這裡不存在任何墓碑。

他們緊抓他人高舉的正義大旗，卻又無法為正義拋棄性命，只是連狗都不如的半吊子。

這種下場最適合眼前的螻蟻們。

不過——

「哼哼哼、哈哈哈哈……！」

納西姆的口中洩漏笑意。

他的笑聲滿載歡愉。

〈聯盟〉，一群無聊透頂的傢伙。

他們彷彿一堆雜草，他只是在掌握奎多蘭、法米利昂兩國的過程中順手剷除那堆廢物。

以前的〈聯盟〉對納西姆來說，就只有這點程度。

但是現在卻不同了。

只有那個女人——不一樣。

納西姆一對上她就明白了。

她的眼神十分有趣。自己非常、非常熟悉那種眼神。

他不知道**那種貨色**為什麼會待在〈聯盟〉這種鬼地方。不過——

〈那是老子的獵物。〉

他不會讓給任何人，更不會讓任何人攪局。

「老子就成全妳，〈夜叉姬〉，看我狠狠的幹翻妳。可別讓我太無聊啊……！」

◆◇◆◇◆

法米利昂國葬將會徹夜舉行，而在國葬開始後數小時——

夜已深，孩子們紛紛睡去，歌舞笑聲逐漸零落。

史黛菈獨自一人站在公園的瞭望臺上。

她凝視地平線的遠方——位於盡頭的奎多蘭，閉上眼。

她彷彿在祈禱。

過了一分鐘左右。

她睜開眼，後方正好傳來聲音：

「史黛菈，原來妳在這裡。」

「……一輝。」

她回過頭，便見到一輝站在身後，他的臉上透著一絲陰鬱。

……史黛菈一看見一輝的神情，他的來意可想而知。

一輝觀察史黛菈的表情以及她面向的方向，也察覺自己多此一舉——

「看樣子，妳已經聽說〈聯盟軍〉的慘狀了呀。」

「是啊。」

史黛菈心想果然如此，點頭答道。

她方才已經接到丹達利昂的報告。

就在波蘭與奎多蘭的國境邊界，〈沙漠死神〉以〈聯盟軍〉示威、侵犯國境為由，與〈聯盟軍〉三十萬名衝鋒部隊發生衝突。

由於〈沙漠死神〉殲滅司令部以及四分之一的兵力，衝鋒部隊慘遭瓦解。

所以史黛菈才在這裡祈福。

為了安撫不幸犧牲的將士們。

「先不說三十萬大軍，竟然連〈海王〉都成了他的手下敗將，那個男人實在不得了。」

〈黑騎士〉在去年的ＫＯＫ(King Of Knights)．Ａ級聯盟嶄露頭角，連戰連勝。而〈海王〉卡羅．貝托尼正是擊敗〈黑騎士〉的少數騎士之一。

他的實力名副其實，再加上操控水的能力，面對納西姆的沙化能力應該可以取得優勢。

結果卻慘不忍睹。

史黛菈再次體會到——

自己與那個男人對峙時，所感受到的那份戰慄。

當時的畏懼實在極為正確。

「妳害怕了嗎？」

一輝聽著史黛菈傾訴納西姆的可怕之處，忍不住詢問。

他或許是擔心史黛菈仍受制於對納西姆的「恐懼」。

不過——

「換成前一陣子的我，可能會吧。」

史黛菈果斷否定這個可能性。

納西姆的實力確實驚人。

他遠遠超越現在的自己。

她承認眼前的事實——卻不認為自己會輸。

「那些傢伙是很強，但〈紅蓮皇女〉有國民（大家）的支持，絕對比他們更強。我會把他們全部燒成焦炭，讓他們襯托我的強大。」

史黛菈不為所動。

她想活下來、贏到最後，並將自我貫徹到底。

因為這是她在與〈饕餮〉的戰鬥中，千辛萬苦尋得的自我。

一輝見史黛菈堅定地回答，這才安心地笑了——

「就是這樣。我們還有西京老師、阿斯卡里德小姐在，這支隊伍絕不會遜於敵人。另外……我跟多多良同學雖然不及那兩人強大，但我們也會待在妳身邊。讓我們一起還以顏色吧！」

他果敢地鼓舞彼此。不過——

「……」

「史黛菈？」

史黛菈卻沒有附和一輝。

她的表情變得陰沉。

她的確……不害怕上陣。

自己的信念會常存心中，支持自己撐過任何逆境。

但是——她非常害怕一件事。

那就是——

「……一輝，你真的要參戰嗎？」

「為什麼這麼問？」

一輝滿臉疑惑。史黛菈繼續說道：

「我是這個國家的公主，理所當然要上戰場；寧音老師隸屬於聯盟，艾莉絲、多多良也各自有理由參戰。可是一輝不一樣。一輝還只是〈學生騎士〉，而且現在狀況有變，你跟父王的約定早就無效了。一輝沒有理由非參加戰爭不、噗耶——唔!?」

史黛菈話說到一半突然走調。

一輝用雙手輕捏她的臉頰。

「啊哈哈，史黛菈的臉軟呼呼的，捏起來真舒服。」

「!?別、別鬧！我現在在講很嚴肅的──」

史黛菈發現一輝捏著自己的臉頰玩，頓時漲紅了臉，氣得怒吼。不過──

「妳這話真是傻透了，叫我怎麼能不鬧？」

一輝冷淡地拋出這句話。

「妳想想，假如日本跟現在的法米利昂一樣陷入險境，史黛菈會選擇逃跑嗎？」

「這、這當然──」

「妳沒辦法吧？我也一樣。妳說我沒有理由參戰？別說傻話了。這裡是我深愛戀人的故鄉，而且她的家人還遭人追殺。讓我挺身而出的理由多的是啊。」

「…………」

史黛菈聽完一輝反駁，低頭不語。

他說得沒錯。

假設自己站在一輝的角度，一定會選擇參戰。

不、用不著一輝提醒，史黛菈心知肚明。

她很清楚自己問了多麼笨的問題。

可是她還是忍不住問出口，因為──

「……我好怕。」

「咦？」

「我一想到一輝可能會出事，就怕得不得了……」

他們面臨真正的戰爭，敵人更是貨真價實的惡徒。

兩人至今只在設備完善的場所比賽，有公正的規則保護他們，無法與真正的戰爭相提並論。

可以的話，她希望一輝能留在法米利昂守候自己。

然而史黛菈也明白……自己一次都沒贏過一輝，沒資格說這種話。

一輝的實力無庸置疑。

可是她就是忍不住思考最糟糕的結局。

這完全是沒來由的恐懼。

史黛菈全身隱隱顫抖，無法壓抑的不安不斷湧上心頭。

接著——

「……一輝？」

一輝輕柔拉過史黛菈顫抖的肩頭，將她擁入懷中。

他撫摸史黛菈的秀髮，告訴她：

「對不起，我不該拿妳開玩笑。沒想到妳這麼擔心我。不過我還是會參與這場戰爭，不是因為事關史黛菈的故鄉，也不是想博得岳父認同，是我自己想保護這個國家……所以我跟妳約好，我不會輸，絕對不會死在戰場上。我死了就不能待在史黛菈身邊了呀。妳的身邊就是我的歸處，我只有在這裡才能把妳緊緊抱在懷裡，我不會把這個位置讓給任何人。」

「────」

我會遵守約定，所以請妳相信我。

史黛菈聽著一輝的請求，默默心想。

史黛菈・法米利昂，妳真是卑鄙。

妳害怕失去最心愛的那個人……一輝又何嘗不是。

但是他相信妳。

妳與〈饕餮〉對決時，誰也不願相信妳的時候，只有一輝堅信著妳。

現在也一樣。

他從不把擔憂說出口。他一定也很憂心妳的安危，卻一聲不吭。

因為他知道，既然彼此都不願拋下這場戰爭，說這些只會給對方增加多餘的負擔。

結果自己卻任性地多嘴。

史黛菈打從心底覺得丟臉。

但是──

「一個擁抱根本不夠當保證啦。」

史黛菈依偎在一輝的懷抱中，仰望著他，雙眸滿是渴求。

──她到底想要保證什麼？

史黛菈說歸說，其實也搞不清楚自己想要什麼。
這句話或許沒有什麼實質意義。
她只是想撒嬌。只想對眼前的他盡情耍任性。
她不會、更不想讓任何人看見自己這麼沒用的模樣。
她希望大家只見到威風凜凜的〈紅蓮皇女〉就好。
只有一輝……她希望讓一輝看見所有的自己。所以——
「是嗎？那就沒辦法了。」
「嗯。唔……」
一輝總是溫柔對待自己，接受自己的一切。她好愛這樣的一輝。
只要彼此雙唇交疊，所有的恐懼、顫抖便會煙消雲散。
溫熱的情意緩緩裹住一切。
她在離開這個國家之前，不曾感受過這種心情。
她遇見一輝之後，第一次體會到這份溫度。
史黛菈心想。
一輝帶給她許許多多的體悟。多虧一輝，才能有現在的自己。
若非他在那一天擊敗自己，自己不會開始追逐他的背影，更不會變得像現在一樣強大。
而她最愛、最強的勁敵願意和自己一起並肩作戰。

她害怕失去他，但不會有人比他更可靠。既然如此——

——就相信他吧。

相信自己仍然無法超越的，她最愛的強敵。

她要贏。不論是一輝、自己，他們要戰勝眼前的逆境，誰也不能死。

然後一定要讓大家祝福他們。

就在自己跟一輝永遠結合的那一天——

……兩人相吻，確認彼此的羈絆；

西京寧音大口喝酒、大聲歡唱，比任何人都享受這場盛宴；

艾莉絲獨自遠離喧囂，默默練習揮砍，調整狀態；

多多良則是叼著點心，在遠處望著艾莉絲。

代表法米利昂的戰士按照各自的期望，度過最後一夜。

他們只有一個共同的想法——他們一定要贏。

於是朝陽升起，太陽緩緩移過天空——決戰時刻來臨。

第十六章 王都開戰

〈國際魔法騎士聯盟〉推廣以「戰爭」——由〈魔法騎士〉代表各國進行對決的方式，來解決加盟國之間的紛爭。

主要原因有二。

一是道德面，〈魔法騎士〉以及〈聯盟〉是為了守護非伐刀者而存在。

另一個原因是為了拔除加盟國之間的國力差距。〈聯盟〉起初是聯合各個小國對抗大國，必須避免較強勢的國家霸凌弱國，阻礙〈聯盟〉內部的團結。除此之外，還有另外一個附帶因素。

——那就是經濟。

〈聯盟〉方面將國家間的「戰爭」當作娛樂節目，販售轉播權或仲介贊助商。〈聯盟〉做為執行單位，會收取大筆手續費。這是〈聯盟〉相當重要的收入來源。

這種做法其實也有益於當事國雙方。

無論戰爭勝敗，所有表演收入扣除手續費之後會進到兩國的口袋裡。
因此加盟國之間的「戰爭」幾乎都會以娛樂比賽形式進行。
這次法米利昂對奎多蘭的戰爭也不例外。

『HEEEYYYYY！
電視機前的觀眾好久不見！各位精神如何呀!?吃飽沒!?
我是KOK最熱門的主播——布馬！之前PTA用莫名其妙的理由申訴，說什麼「播報用詞太沒品，嘴巴跟屁眼沒兩樣」，硬是拔掉我的主播大位啦！』

即將成為戰場的奎多蘭首都——路榭爾。
一架直升機飛過即將日落的火紅天空。
那是贏得轉播權的電視臺直升機。
『今天就由消失已久的我從奎多蘭為各位播報「戰爭」實況啦！這國家最近真是亂到不行！
嗄!?你問為什麼是我？我不是丟工作了？
你們比較想看胸圍一百二十公分的高人氣女主播「梨梨子」!?
省省吧，除了我以外沒人敢接這次的播報工作啦！
沒錯，這次「戰爭」危險到爆！大家應該知道，法米利昂跟奎多蘭每隔幾年就會舉行「戰爭」決定國境邊界，不過這次跟以往的「運動會」完全不一樣！

奎多蘭新任國王約翰·克里斯多夫·馮·柯布蘭德居然幹掉前任國王，也就是他自己的老爸，然後賭上兩國存亡挑起真正的「戰爭」！哪來的瘋子啊!!而且新政府為了打贏戰爭，竟然招攬恐怖分子軍團當打手，那個〈沙漠死神〉也在裡面咧！

——你們快看看那群腦子有洞的混蛋！』

主播（布馬）從直升機探出身子，並用手打出暗號。

緊接著無數具無人機將攝影鏡頭對準路榭爾中央的王城——藍色屋頂上方。

攝影機拍下屋頂上的五道身影，將影像送往全世界。

他們正是奎多蘭代表團。

『HOLY　SHIT!!他們一個個看起來都不是好東西！我丟了KOK的工作之後跑去幹地下競技的主播，那時也沒看過有人眼神這麼殘暴！

連我也不屑為這些垃圾加油啊！

所以醜話說在前面，我今天的報導將會超級差別待遇，對法米利昂超溫柔，對奎多蘭超嚴厲，請多多包涵啦!!

那我們趕快來介紹各位英雄！他們今天將會狠狠給這些狗娘養的混球一記正義的鐵拳！』

無人機飛向市鎮的入口。

畫面映照出一扇巨型城門。路榭爾還擁有要塞機能的時候就使用這座大門，現在則以文化遺產的名義保留。

法米利昂代表團就佇立在大門前方。

「首先是大家都認識的法米利昂第二皇女！

〈紅蓮皇女〉史黛菈．法米利昂！

她手中巨劍一揮，開山劈海！還能自在操控神話世界的頂級掠食者——〈巨龍〉之力。法米利昂皇國最強A級騎士參戰，挺身守護面臨險境的故鄉！

妳得讓那些蠢貨搞清楚，他們可是一腳踩在龍的尾巴上！」

鏡頭特寫出史黛菈的身影。

她瞪視著王城，臉上已無少女應有的純真。

那張臉堅決無比，是戰士的神情。

國民們無視露娜艾絲下達的國外避難命令，硬是留在法米利昂。他們透過中央公園設置的巨大螢幕，靜靜守候著她。

「史黛菈，我們的命都交給妳了……！」

「俺才不管什麼危機，死也不離開這裡！」

「我們會跟妳一起戰鬥到最後！」

「加油……！加油啊……！」

國民隔著螢幕聲援史黛菈。

無人機照出下一名戰士。

『接下來是這名全身鮮紅日式禮服的騎士！

大人物登場！用不著我介紹了！

本屆KOK．A級聯盟排行第三！〈夜叉姬〉西京寧音！

聯盟軍還在磨磨蹭蹭編組軍隊，她早已拋下主部隊，孤身突襲法米利昂，還是老樣子亂搞一通！但她的荒唐作風反而令人信賴！她絕對是法米利昂的最強助力！

除了她，本屆KOK．A級聯盟還派出另外一位可靠幫手！

那就是〈黑騎士〉阿斯卡里德──！

她身披能夠抵擋各式攻擊、並瞬間治癒各種傷勢的防禦專精靈裝──〈無敵甲冑(Orichalcos)〉，於去年的A級聯盟華麗出道！這名法國新星勢如破竹累積勝績，一口氣爬上第四名的位置！

但我萬萬沒想到，那層硬邦邦的盔甲裡面居然藏了個嬌滴滴的美女呀！

她出場KOK比賽時總是穿著盔甲嘛！FOOOOOO!!

今天的轉播完之後，她的粉絲數肯定大爆增！

各位贊助商最好手腳快一點，慢了可別怪我沒提醒啊！』

五名代表中的二強。

對兩名騎士來說，這稱呼當之無愧。史黛菈的母親──阿斯特蕾亞雙手合十，對兩人祈求：

「老師，艾莉絲小姐……大家的安危就萬事拜託了。」

她的肩頭因不安、恐懼隱隱顫抖。

史黛菈的父親——席琉斯伸手輕按阿斯特蕾亞的肩膀。

他和所有人一起見證這場戰鬥的始末——並且打算看個仔細。

看看他親愛的女兒帶來的這個日本人，究竟有多少斤兩。

螢幕上隨即映照出這名武士。

『好了，接著要介紹在法米利昂隊伍中的一點綠！這支隊伍外表水準極高，這傢伙可是羨煞眾人呀！這名學生騎士在決定日本學生騎士王者的大賽——〈七星劍武祭〉中，一舉擊敗史黛菈，成為〈七星劍王〉——〈落第騎士(Worst One)〉黑鐵一輝，現在登場！

最弱的魔力配上最強的劍術！

我幹主播這麼久，還是第一次見到這麼極端的傢伙！

他在聯盟標準級別為F級，根本沒過標準值！和其他成員相比實在遜色不少！

照理來說這傢伙根本是來亂的——但這才好玩嘛！

你今天也要徹底顛覆我們的**常理**呀，花花公子！』

主播介紹到一輝時，法米利昂城堡中庭傳來雄厚的歡呼。

法米利昂陸軍聚集在中庭觀看轉播。

這群人曾在皇都挑戰一輝，又於卡爾迪亞市和一輝並肩作戰。

史黛菈的好友——堤米特和米利雅莉亞也出現在人群中。

「我說堤兒，一輝真的沒問題嗎？他看起來超格格不入的說。」
「他只有F級又是日本人嘛。他其實不用勉強參戰，交給丹爺或國王陛下就好了，就是愛耍帥……上將妳怎麼看？」
「我沒什麼想法。」
女陸軍上將——席格娜聽見堤米特的疑問，神情沉痛地回答：
「今天大概是我有生以來，最痛恨自己沒有生為伐刀者的一天。」
『最後一人與〈落第騎士〉相同，是來自於日本的學生騎士！
國立曉學園一年級！〈不轉〉——多多良幽衣!!
這名學生騎士曾在〈七星劍武祭〉上和史黛菈交手，被打了個落花流水！
我搞不懂這傢伙為什麼會出現在這裡，還特別去查了查，結果完全找不到像樣的情報！
說實話，這女人真是詭異到極點，但是她是法米利昂王妃欽點，由她代替〈紅蓮狂獅〉出場，我們只能拭目以待啦ＢＡＢＹ！』
主播介紹完所有選手，開戰時間也正好來臨。
布馬自賣自誇道：『我的時間還是一樣分配得超完美！真是愛死我自己啦！』接著說——
『好了小姐們（Ladies），該尿的都尿完了嗎!?
ＯＫ！那就開打啦——!!

Let's GO AHEAD————!!』

路樹爾的屋外廣播傳出蜂鳴聲，主播同時宣告比賽正式開始。

就在這一剎那——

『唔哇啊啊啊啊啊啊啊啊啊啊啊!?!?!?』

傳送至全世界的影像頓時一陣凌亂，主播發出慘叫。

◆◇◆◇◆

比賽開始的信號一下，一輝等人隨即見到——

王城藍色屋頂上有一道黑影直接**飛越市鎮**，如飛彈一般倏地從轉播直升機旁擦身而過，衝向一輝一行人。

「「「————!?」」」

這道黑影是——

『FUCK————!!危險斃了！混帳東西亂搞個屁啊!?〈沙漠死神〉！是納西姆・薩利姆！最不懂分寸的傢伙居然率先衝上去啦！』

主播差點被納西姆擊墜，大聲怒罵。納西姆早已趁機逼近一輝等人。

漆黑手甲纏繞沙塵旋風，他高舉手甲，在降落的同時砸向地面。

「席捲一切吧！〈化骸塵暴〉————————!!」

下一秒，暴風**瞬間掃飛**正門周遭的所有建築物。

那扇名列文化遺產的巨大石造正門也跟著陪葬。

以納西姆為中心，直上雲霄的漆黑龍捲風捲走了一切。

沒錯——包括一輝一行人……！

「史、史黛菈——！」

「所有人、都被……」

所有人措手不及之際，敵人已迅速逼近戰士們。

席琉斯與阿斯特蕾亞見戰況急轉直下，驚呼出聲。

『預料外的速攻挫了法米利昂隊伍的銳氣！混戰最注重團隊合作，漫天飛舞的沙塵暴卻一擊吹飛所有人，隊伍四散——嗯!?——不、不對！』

主播說到一半忽然驚覺。

黑塵肆虐的旋風中心。

正門、房屋、車輛、路樹，所有事物被連根拔起。而在那片空地上——

只有一個人若無其事站在原地，與〈沙漠死神〉相互對峙。那是——

「已經忍不住了？這位大叔真猴急呢。」

『是〈夜叉姬〉！只有〈夜叉姬〉站在沙塵暴裡，不動如山——！』

「妾身哪兒也不會去，何必這麼著急呢？」

如吹走葉片般吹翻巨門的猛烈風暴之中，寧音從和服秀口中取出鐵扇型靈裝——〈嫣紅鳳〉。

納西姆見狀，愉悅地勾起嘴角。

「靠〈重力〉穩住全身了嗎？沒錯，這就對了。妳要是像剛才那群渣渣一樣被吹飛，那可就掃興透頂了！」

「妾身正要這麼說呢！」

寧音說著，單齒木屐奮力踏向柏油路面。

緊接著，周遭的重力登時攀升，極大的重量壓上四周，彷彿整片天空掉下來似的。

伐刀絕技——〈地縛陣〉。

納西姆席捲一空的地面發出一陣地鳴聲，隨即塌陷。

寧音施加的壓力大約是地球重力的一百倍。

這股重力比她當初用來鎮壓〈曉學園〉時多上十倍。

然而——

〈沙漠死神〉承受如此重壓卻無動於衷，他在胸前敲響拳頭。

「假如你的小傢伙被這麼輕輕壓一下，就像踩扁的青蛙一樣軟趴趴，火熱的千年

© Won

之戀也會瞬間冷到冰點呢。」

「……我們都很滿意彼此，是吧？」

「是呀。小朋友們也都趕回家了，何不直接開始？就讓我們好好享受大人的時間吧。」

此語一落，雙方同時行動。兩名〈魔人〉的全力一擊互相衝撞。

鐵扇與拳頭接觸的剎那，雙方灌注的龐大魔力化為漆黑衝擊波，向外擴散。

這一擊造成的破壞比方才的龍捲風與重力波有過之而無不及。

『這、這是！SHIT！這下完蛋了！衝擊波強到無人機都過不去……！魔力光又太強，攝影機又照不出什麼鬼！啥都看不到……!!這真的是人類之間的戰鬥嗎？簡直就是〈默示錄之日(apocalypsis)〉啊！』

兩波強大魔力帶來毀滅，塗改整個世界。

路榭爾正門原本的所在地閃耀漆黑極光，轉播攝影機根本無法拍攝兩人的身影。

另一方面——

納西姆的〈化骸塵暴〉將其他四名法米利昂代表拋飛到一千五百公尺的高空中。

〈紅蓮皇女〉史黛菈・法米利昂率先採取行動。

「唔——〈妃龍翅翼(Dragon wing)〉!!」

『哎呀！現在可沒閒功夫看著怪物對決發呆！法米利昂隊的史黛菈被吹飛之後伸出火之翼，在空中重振旗鼓！她的能力還是一樣，用途非常廣呀！』

史黛菈拍動焰翼獲得浮力。

她停在半空中，開始尋找同樣被拋到空中的〈落第騎士〉黑鐵一輝。

多多良能靠〈反射〉抵銷衝擊力，阿斯卡里德則是身著〈無敵甲冑〉。

她們應該能平安度過。

可是一輝沒有其他能力。

他從這個高度摔落地面，必死無疑。

自己必須幫他一把——

「一輝……！」

史黛菈沒過多久就找到一輝。他正不停向下墜落。

她振翅加速，打算追上去。

就在這一剎那——黃金光芒從旁照射而來。

這光並非晨光，現在距離朝陽升起還久得很。

這是——

「〈蹄轢王道(Circus Maximus)〉！」

「————!?」

『這是！史黛菈正要上前搭救沒有翅膀的〈落第騎士〉，〈新王〉約翰突然殺了出來!!無論荒野、水面、甚至是空中，霸道行進無所不至！這就是〈黃金戰車(Chariot)〉的〈蹄轢王道〉————!!』

約翰靠著黃金戰馬的鐵蹄，從王城屋頂奔上天際突襲史黛菈。

史黛菈隨即以〈妃龍罪劍(Lævateinn)〉擋下騎兵槍的疾速一擊。

然而約翰已經成功阻止她前往一輝身邊。

「約翰哥……！」

史黛菈眼見約翰阻卻去路，憤恨地回瞪——

「————……………」

約翰卻毫無回應。

他已經成了〈傀儡王〉的人偶，並未看向任何一方。

乾涸的雙瞳映不出任何事物。

甚至連眼前的史黛菈都入不了他的眼。

他的模樣……彷彿變成真正的人造物。

「～～～！」

史黛菈見到兒時熟識的好友變成這副慘樣，不禁心頭一刺。

史黛菈同時回想起來。

自己真正非達成不可的任務。

（……沒錯，一輝根本不需要我保護。）

他一個人就能解決這點程度的危機，用不著自己多管閒事。

在這個世界上，只有自己最清楚他的強大。

她不需要出手保護一輝。

真正需要她保護的人——就在眼前。

『拜託妳……救救、約翰…………』

「約翰哥，哪怕要我揍暈你，我也非要把你拖去露娜姊面前……！」

她第一次見到姊姊露出悲痛的神情。

精明能幹的大姊第一次求助自己。

——她絕對會達成大姊的請託。

史黛菈下定決心，停下腳步，面向約翰。

『史黛菈放棄救助〈落第騎士〉！與〈新王〉約翰展開空中大戰！紅蓮與黃金的流星在路榭爾上空不停交錯！可、可是她的決定真的沒問題嗎!?〈落第騎士〉不會飛啊！他現在正頭下腳上逐漸墜落！他有任何打算嗎!?』

「……！」

黑鐵一輝聽見廣播傳來主播的質疑，不由得苦笑。

（這下不妙啊。）

他現在墜落地面的角度太接近垂直。

他之前在卡爾迪亞被〈B．B〉擊飛時，還能靠著滾動分散衝擊力，但是現在的墜落角度不夠低，無法重現當時的方法。

他從愛德貝格山頂摔落時，曾經解開〈陰鐵〉的柄繩，把刀當作錨鉤射出——這次卻辦不到。

一輝墜落的地點，是路榭爾的幹道中央。

路面十分寬廣，四周完全沒有建築物供他固定。

其他〈魔法騎士〉或許能靠魔力抵銷墜地時的衝擊，一輝卻用不了這一招。他墜落的高度太高，這麼做如同杯水車薪，根本無法緩衝。

一輝一旦墜地必死無疑。沒有第二種結局。

眼前的狀況已是生死關頭，十分危急。

（該怎麼做——）

然而，上天彷彿想把一輝逼入死境——

「格呃呃呃呃呃列佛喔喔喔喔喔喔喔喔喔喔喔喔喔喔喔喔喔喔喔喔喔!!」

「——!?」

一名高達三百公尺的巨人——〈B．B〉以他如同巨大木桶的身軀撞飛幹道沿線的整排大廈，衝到墜落的一輝面前，接著——

「嘎啊啊啊啊喔喔喔喔!!」

磅！他的雙手往一輝使勁一拍。

『我的老天鵝啊————！只見〈落第騎士〉還在空中無法動彈，巨大化的〈B．B〉突然撞穿街道進攻！他像是拍死惱人的蚊子一樣，雙手拍扁〈落第騎士〉！他這下是死定——欸？』

主播說到一半，愕然語塞。

他中斷的原因在於——

「……呼，真是千鈞一髮。我今天難得走運啊。」

「——!?!?!?」

大樓被撞倒後四散的塵埃散去，只見黑鐵一輝若無其事站在〈B．B〉合十的雙手上。

『竟、竟然會!?我還以為〈落第騎士〉的頭、內臟全都拍扁成紙片，他居然還活著!?他到底是怎麼——啊。』

主播赫然發現一輝身上有一處不同。

他不知何時脫下破軍學園的制服外套。

主播這才明白——

『對了！是外套！學生騎士的制服都是由強韌的特殊纖維編織而成。〈落第騎士〉

將制服當作降落傘用啦！』

主播的發現的確屬實。

一輝當下一喜，趁〈B・B〉現身的瞬間攤開外套，靠著空氣阻力降低墜落速度。雖然他只減緩些許速度，但已經足夠錯開〈B・B〉進攻的時機，順利閃避拍擊。接著他利用拍擊的風壓扼殺墜落的力道，從容降落在〈B・B〉的手背上方。

『瞧瞧他多麼沉穩又大膽！不愧是身經無數敗仗！這個F級果然不簡單啊——!!』

「嘎啊啊啊啊啊!!」

〈B・B〉攻擊撲了空，氣得跳腳，粗魯地猛揮手。

然而這麼做反而有利於一輝。

他藉由被打斜拋飛時的角度，將衝擊力分散到地面，成功落地。

一輝重新面向**聳立於**緋紅夕空的敵人——

（聽說他其實是懵懂無知的小孩，純粹是被騙去當幫凶而已啊。）

以前〈黑騎士〉艾莉絲・阿斯卡里德曾經告訴一輝——

〈B・B〉BIG　BABY的經歷。

眼前的巨人居然只有五歲，事實令人震驚。

根據一輝在卡爾迪亞一戰後聽說的一切，這孩子遭到某個惡毒恐怖組織綁架，經歷各種邪惡的人體改造後成為組織的戰鬥人員。之後〈解放軍（Rebellion）〉瓦解該恐怖組織，收留了這孩子。

——他只是孩子，還沒學會區分善惡，就被邪惡的大人任意扭曲他的人生。

說實話，一輝很猶豫，不知道該不該繼續對他刀劍相向。

一輝早在卡爾迪亞一戰時奪走他的一隻眼睛。

一輝不忍心繼續傷害他。

於是——

「————」

「噫……！」

一輝眼神挾帶劍氣，直射〈B・B〉剩下的獨眼。

銳利如針的氣勢震懾三百公尺高的巨人。

巨人猶如遭到大人責罵的幼童。

……不、他實際上就是個孩子。

不懂得掩飾恐懼，也沒有勇氣抵抗恐懼。

一名真正的武人利眼一瞪，就嚇得他無法動彈。

他果然不能、也不應該跟這種孩子打鬥。因此——

「快住手，別再做這種事了。你只是被壞人騙了。你解除巨大化，跟我走吧。你放心，我保證絕對不會欺負你。」

一輝勸說著，緩緩靠近受視線束縛的〈B・B〉。

只為了向囚禁在世界惡意中的幼兒伸出援手。

但是——

「嗚、嗚嗚、嗚嗚嗚嘎啊啊啊啊啊啊——!!」

「……!」

下一秒，〈B・B〉放聲嚎叫，擺脫一輝的威嚇，一拳砸下。

只是一記又緩慢、動作又大的拳頭。

一輝兩三下就躲開了。

然而，一輝閃避時卻訝異地瞪大雙眼。

他怎麼有辦法掙脫自己的威嚇？

一輝不是自大，但他認為自己的氣勢並不弱，應該單靠視線就足以鎮住一名幼童。

那究竟是為什麼——

〈B・B〉朝著疑惑的一輝大吼。

他雙手高舉天空，像是在激勵自己——

「歐爾格爾是，偶的朋友!偶要、保護、朋友!」

一輝聞言，這才察覺是自己誤判。

「……是嗎？原來如此。」

一輝以為〈B・B〉只是無知。

誤以為他是被人利用的可憐孩童。

不過……事情並非如他所想。

這名兒童的確遭人利用。

他或許可憐。

然而，他現在是以自己的意思站在這個戰場上。

他是自己決定，為了與他交好的友人，挺身面對那懾人的恐懼。

「既然如此，事情就不一樣了。」

〈B・B〉有身為男兒的堅持，威嚇阻止不了他。

一輝斷定，舉起〈陰鐵〉的刀尖指向〈B・B〉。

「那就讓我以男人的身分和你交手吧。」

並且……親手教導他——

「交了壞朋友，可是會吃大虧的……！」

「唔嗯、嘎啊啊啊啊啊啊啊啊————!!」

◆◇◆◇◆

——〈落第騎士〉與〈B・B〉展開激戰的不久前。

〈黑騎士〉艾莉絲・阿斯卡里德釋放魔力減緩墜地速度，先眾人一步降落後邁步奔馳，沿著在染上夕色的街道奔向一輝的下方。

她的理由和史黛菈相同。

一行人當中只有一輝沒有任何方法降落，她要前去協助一輝。

然而她的奔馳戛然而止。

『不要啊啊，不可以！』

「!?」

路樹爾做為比賽會場，禁止代表選手以外人士出入。然而城內某個區塊卻傳來少女的求救聲。

難道還有其他人在？阿斯卡里德停下腳步，觀察四周。

地點在寧靜的住宅區。

她立刻找到聲音的主人。

『不要、哥哥、好痛、好痛喔。不要剪、不要拿走蜜雪的手指！』

『蜜雪兒，不是我、是我的身體自己、哇啊啊啊啊！』

（這、是——）

阿斯卡里德見狀，啞口無言。

那不是人。

是人偶。

兩個毛氈人偶，一個做成小男孩，一個做成小女孩。

男孩人偶手拿粗糙的剪刀，打算剪斷女孩人偶的手指。

除此之外又出現更多人偶，傳來更多聲音。

『不、不要、我不想吃、不想吃這種東西、嘔、嘔噁——』

『我看不見，眼睛、把眼睛還給我啊。』

『媽媽　媽媽。』

『為什麼妳要這樣對我　艾莉絲姊姊。』

染上夕紅的住宅區中。

各處不斷冒出人偶。

人偶現了身，又毀壞。

切斷手臂、扯壞眼睛（鈕釦）、剖開腹部、扯出肚子裡的毛氈。

人偶破壞著彼此。

喀嚓　喀嚓　喀嚓。

劈里　劈里　劈里。

噗嘰　噗嘰　噗嘰。

「啊、啊啊…………啊啊啊啊啊啊啊！」

艾莉絲看見這幅景象，只能呆站在原地，喉頭顫抖。

毛氈人偶不知何時團團包圍住自己。

她認得這些人偶。

她見過這片景象。

她、知道眼前的地獄。

這是——

『住手　快住手　不要啊　快讓我停下來——歐爾雷斯。』

「哇啊啊啊啊啊啊啊啊啊啊啊啊啊啊啊啊啊!!」

一具白髮——外貌恰似阿斯卡里德的人偶出聲懇求。此時，阿斯卡里德嘔血似地淒厲吼叫，抓起與鎧甲同樣漆黑的斧槍橫掃周遭的人偶。

「哈啊啊啊！呃、啊啊啊啊啊啊!!啊啊啊啊啊啊啊——!!」

她不斷咆哮，將人偶千刀萬剮，一具不留。

這些令人作嘔的人偶，全都是出自那股讓人寒毛直豎的惡意。

「呃、呼呃、哈！哈啊！唔、歐——」

阿斯卡里德劈開所有人偶，氣喘吁吁地撐在斧槍上。

淚水與噁心一湧而上。

這世界上，只有一個人會玩這種毛骨悚然的把戲。

「歐爾雷斯——————!!」

「啊哈　啊哈　啊哈　現在只剩姊姊會用這個名字叫我呢。雖然是我自己造成的啦。」

「——————！」

阿斯卡里德聞聲，猛然抬頭。

自己身處於住宅區中的小廣場。

周遭的建築物中有一棟特別高聳的教堂(Chapel)，而在教堂的屋頂上——

那人背對著十字架，坐在屋頂邊緣，那對和自己神似的異色瞳(Heterochromia)俯視著自己。

他就是一連串騷動的首謀——〈傀儡王〉歐爾·格爾。

「唉唉，這些人偶是我特地做的說，真浪費。事隔十年，我算是表演得不錯吧。妳想想，我進入〈解放軍〉之後也模仿過不少人，演技也變好了呢。」

「……你竟敢、竟敢這麼做！殺了大家還嫌不夠，甚至還玩弄大家的尊嚴……！

不可原諒，我絕對不會放過你！」

阿斯卡里德一反平時的平靜，秀麗的臉龐因憤怒而扭曲。

歐爾．格爾卻毫無悔意——

「那妳想怎麼做呢？艾莉絲姊姊。」

他這麼問道。白皙的雙腳前後搖晃，語氣可說是天真無邪。

這個問題簡直多此一舉。

……她早已決定自己的答案。

艾莉絲．格爾正是為了這一天，為了這個答案活到現在。

「我今天會在這裡殺死你……！然後終結這一切！從那一天到現在所有的慘劇，全都在此告一段落！我不會再讓你傷害任何人!!」

艾莉絲怒吼著，同時全身噴發紫色魔力，猶如火焰熊熊燃燒。

魔力光芒化作漆黑鎧甲籠罩全身，顯現在她全身上下。

〈無敵甲冑〉。

操縱〈不屈〉概念，全〈聯盟〉最堅硬的防禦之力。

「……嘿欸。」

歐爾．格爾瞇起異色雙瞳。

「啊哈　啊哈　真傷腦筋。史黛菈、露娜艾絲，還有艾莉絲姊姊，怎麼有這麼多好玩的玩具，讓我好難挑喔。」

© Won

他高高勾起嘴角，脣邊彷彿被小刀劃開似的。

「那就開打吧，姊姊。這次就讓我們姊弟兩人，繼續那一場〈浴血十字架（La Croix Sanglante）〉吧。」

於是……最後一人——〈不轉殺手〉多多良幽衣也面對著自己的宿敵。

路榭爾王城中庭裡有一座玫瑰園。殺害雙親、姊妹，更對雇主——〈解放軍〉下殺手的叛徒——〈惡之華（Dirty Rose）〉艾茵，正在玫瑰園中的庭園桌前歇息。

「……哎呀，菲亞，這套禮服真可愛，很適合妳呢。」

桌上擺著茶壺和兩個茶杯。

從飄來的香氣可以得知，茶壺內應該裝著玫瑰茶。

多多良仰仗在〈闇獄之家（Abgrund）〉培養出的技巧，隨即掌握現狀所有構成要素。

艾茵稱讚多多良——

「妳居然能找到我，了不起。」

「妳跟我出身同門，要循著妳的蹤跡找還不簡單？」

「……哼哼，不只如此吧？」

「嗄？」

「不全是因為我倆出身同門。菲亞非常了解我這個人，所以才有辦法找到我。妳始終注視著我，在那座地獄裡，妳總是眨著那可愛的雙眼，像隻小狗，無時無刻追著我跑。對……因為菲亞很喜歡我呀。」

「──────」

「如何？妳要不要成為我**真正的妹妹**？現在還不算太遲呢。菲亞是這麼可愛、惹人憐愛，我跟妳一樣，最喜歡妳了。我覺得妳跟那個家的無趣之徒不一樣，菲亞跟我一定能成為姊妹，相處融洽。」

艾茵說著，在自己對面的空茶杯裡注入玫瑰茶。

接著邀請多多良一同就坐。

「……」

多多良聞言，默默走向空座位──舉起早已顯現的電鋸靈裝〈掠地蜈蚣〉，將庭園桌砍成兩半。

「想說廢話給我到地獄裡慢慢說去，婊子（cunt）……！」

「哎呀呀，真遺憾呢。」

『〈黑騎士〉艾莉絲・阿斯卡里德、〈不轉〉多多良幽衣，以上兩名選手已經接觸奎多蘭選手！兩名選手似乎認識對方，直接開戰了！是說〈沙漠死神〉都把法米利昂隊打散，結果所有人還是在搞一對一！奎多蘭選手，你們該不會忘記這次戰爭方式是混戰了吧!?』

主播透過無人機追蹤所有人的戰局。他看見奎多蘭直接放棄多對一的優勢，忍不住傻眼。

戰術上不會有人下這種決定。
不過，奎多蘭方本來就是一群性格扭曲的烏合之眾，根本不可能互相理解。
就算他們勉強聚在一起，也很難並肩合作。
『總而言之，戰爭總算開打啦！奎多蘭對法米利昂！究竟會是哪邊有人先戰敗？我們將會派出無人機徹底追蹤，將所有畫面送到各位的客廳——呃、嗄啊啊啊啊啊!?』
主播望向無數攝影機傳來的影像，突然間嚇到聲音跑了調。
轉播畫面隨即切換到那句讓他大吃一驚的攝影鏡頭。
螢幕上的景象則是——
『這、不會吧——〈B・B〉已經倒在地上了啊啊啊!?!?』

◆◇◆◇◆

他很討厭大人。
他們總是露出可怕的表情，發出可怕的聲音對他吼。
還會用粗粗的大手打他。
自己只是想玩得更開心而已。

——所以他跟歐爾・格爾非常合得來。

他不會對自己露出討厭的表情。

不會生氣。

他一直都笑得很開心，跟自己一起享受遊戲。

他會陪自己一起玩。

他跟可怕的大人不一樣。

一定是因為他也是小孩子。

而他的朋友要被可怕的大人抓走了。

他要幫助朋友。

〈B・B〉把巨大的自己和渺小的敵人比了比，他可以肯定。

這傢伙就像小蟲子。

他心想，自己才不會輸給一隻小蟲子。

他之前變得不夠大，才會讓這隻小蟲子有機會趁虛而入，狠狠地戳了自己的眼球。

這次他一開始就拿出全力了。

只要用拳頭敲地板，把敵人打扁，一拳就能解決他。

沒錯，自己要打倒他。

眼前的敵人想殺死自己唯一的朋友，自己一定要打敗他。

〈B・B〉將決心灌注在拳頭上，砸向地面。

他一次、又一次使勁毆打地面的敵人。

但是——

「嘎啊、哈！啊啊啊啊！」

〈B・B〉的臉上氣勢漸消。

焦急與疑惑取代氣魄，隨著汗水一同滲出。

怎麼會？原因就在他的視線前方。

巨人的拳頭一次次砸向路面，道路早已支離破碎。

然而——他的敵人仍佇立在道路上，一臉從容。

「……」

「為、什麼!?為什麼啦——!!」

這景象太詭異了。

他不懂。

假如敵人四處亂竄閃避自己的拳頭，他還能理解為什麼敵人可以平安無事。

但卻不是。

敵人像是傻站在原地，動都沒動。

拳頭的確砸中敵人。

卻打不扁。

他就像在打一個透明的幽靈，拳頭直接穿透過去。

到底是為什麼？他不懂。不過他不懂歸不懂，還是知道敵人很巧妙地躲開攻擊。

〈B．B〉想到這裡，腦內靈光一閃。

「啊！咕呼、咕呼呼呼呼呼呼……！人家、想到好點子了！」

〈B．B〉說著，馬上將想法化為行動。

「跳跳——————！」

他用力跳起。

接著在空中躺成水平姿勢，落下。

高達三百公尺的巨大軀體施展壓擊，震撼大地。

這樣敵人就逃不掉了。

小蟲子再怎麼唰唰唰地擺動雙腳，還是來不及逃走。

「咕呼！咕噗咕嘻嘻！這樣、就壓扁扁了！你、壓扁扁!!」

〈B．B〉肯定自己的勝利，站起身打算確認戰果。

他看向地面。地面上所有東西都扁成一片，包括停在路上的車輛、路樹、建築物，然而——

「————啊咦？」

他啞口無言。

黑色武士還是威風凜凜地抬頭挺胸，若無其事。

「怎、怎麼、為、為什麼啦啊啊啊啊啊啊!?!?」

〈B‧B〉激動地大叫，像是在抱怨不合理的現實。

一輝答道：

「這沒什麼好驚訝的。〈B‧B〉，你的巨大化能力確實強大，然而你力量越強，反倒會失去優勢。也就是俗話說的『過猶不及』。」

一輝說著，將自己的手掌攤開給〈B‧B〉看。

「人的身體其實是凹凸不平的，就算只看手掌，指縫、指紋、拇指球、小指球——這些凹凸隙縫會隨著巨大化變得更大。換成全身就更明顯，你的肚臍凹陷遠比破軍的宿舍還要大。」

他只要逃進那些隙縫就夠了。

一輝剛才就是這麼做。

他僅僅是溜進那些過於寬大的身體縫隙。

〈B‧B〉的攻擊之所以全部撲空，其道理不過如此。

「而且，過度巨大化的缺點不僅如此。」

「!?」

一輝說完，自戰鬥開始後第一次主動逼近〈B‧B〉。

他仰賴磨練至今的腳力全力奔走。

不過他並非直線前進。

一輝向右繞過〈B‧B〉。

一輝的行動非常迅速。〈B・B〉怕自己追丟，轉動頭部，動作卻十分緩慢──

「巨大化之後的肉體體積、因此增加的重力、行動伴隨的空氣阻力等等，全都會化成枷鎖束縛你。你處在這種狀態，速度根本追不上我。再加上人類變大之後弱點還是不會變……！」

「嗚嘎!?」

下一秒，一輝甩開〈B・B〉的視線，滑入他的雙腳下，一刀斬斷雙腳腳踝內側。

沒錯──那個部位正是阿基里斯腱。

這處肌腱連結腳踝以及支撐膝蓋以下的小腿肌肉。

一輝揮刀斬斷這個部位，〈B・B〉的雙腳自然無法站立。

〈B・B〉的龐大身軀一個屈膝，逐漸倒地。

他倒地的剎那，一輝再次補上追擊。

目標是墜落的膝蓋──股四頭肌肌腱。

股四頭肌肌腱連接大腿部位的所有肌肉與膝蓋。

「啊唔!!」

傷及這個部位，雙腳等於失去功用。

〈B・B〉的膝蓋沒了力氣，身體向前趴倒。

〈B・B〉勉強用手臂支撐身體，避免自己徹底倒下。然而──

「這是最後一擊。」

「——！」

他的掙扎毫無意義。

一輝真正的目標——定勝負的弱點。

側頭部，頭骨最薄的位置——「太陽穴」早已進到他的射程範圍內——

「第一祕劍——〈犀擊〉!!」

下一瞬間，黑鐵一輝施展劍招中擁有最強攻擊力與穿透力的一招，一擊貫入〈B・B〉的太陽穴。

「嘎呀、啊——啊、啊啊……」

〈陰鐵〉對變大後的〈B・B〉來說，就像一根細細的大頭針。

刺擊造成的傷害並不大。

然而衝擊力就另當別論。

〈犀擊〉能夠擊碎堅固的建築結構，這股力道又細又銳利，輕易貫穿輕薄的頭骨，深深刺入主掌運動中樞的小腦，嚴重摧毀〈B・B〉的意識。

（呃、奇……怪……）

〈B・B〉的意識逐漸瓦解，身體也終於墜地。

〈B‧B〉想重新站起身──

（腳……麼……動、不了……為、什麼……？）

他的意識已經無法操縱四肢。

接著，意識逐漸脫離大腦，眼前漸漸蒙上一層迷霧，緩緩染上漆黑。

他的視野漸漸轉黑……黑鐵一輝走向他的雙眼前。

「勝負已定。」

「……！」

〈B‧B〉惡狠狠地盯著眼前的人。

眼中滿載對大人的厭惡。

彷彿一輝只要再靠近一點，他就要狠狠咬上去。

不、他實際上也打算咬死一輝。

他的四肢無法動彈，但頭部以上還勉強可以動。

不過──

「很遺憾，你還只是個小小的孩子，現在的你贏不了我。」

一輝對〈B‧B〉的威嚇無動於衷，緩緩走上前，對他說道：

「不過，每個人都會長大。〈B‧B〉，你之後還會認識各種事物。包括你自己、你的力量，還有……你至今的所作所為究竟是什麼。我希望你能面對這一切，好好思考自己究竟想成為什麼樣的大人。從那一刻起，你才真正站在人生的起跑點上。」

一輝說著，伸手撫上他的臉頰。

〈B．B〉擠出最後的力量到下巴，打算張嘴一咬。

「等你**長大之後**再會吧。我會很期待再跟你交手。」

（啊…………）

〈B．B〉卻動不了。

他發現一件事。

靠在自己臉上的，小小的手掌。

這手掌非常溫暖。

這個人的手掌和自己碰過的每一個大人都不一樣，既輕柔又溫暖，感覺十分有力。

——不對。

不對喔。〈B．B〉心想。

自己其實感覺過。

這份熱度，這份溫柔。

『啊哈哈，快看，這孩子又壯又有活力呀。』

『是呀，他一定會長得又高又帥，跟你不一樣呢。』

他聽見了聲音，聽起來很幸福。
這聲音好像在哪裡聽過，又好像沒聽過。
他記不得了，不知道這是誰。
可是……以前在某個地方，這份溫度曾經將他抱在懷裡。
這份溫柔曾經緩緩圍繞著他。
他可以肯定。
在他被那些又恐怖又冰冷，雙手粗糙的大人帶去黑漆漆的地方之前。
到底是在什麼時候？他們又是誰？
〈B．B〉拚命回想，意識卻到了極限。
臉頰那股令人懷念的暖意引領著他，漸漸墜落。
於是魔法解除，〈B．B〉恢復原本的大小。
他看起來像是做著幸福的美夢。
他的睡臉十分安穩，就是一個稚嫩孩童的表情。

◆◇◆◇◆

『戰況根本一面倒！〈落第騎士〉黑鐵一輝！他沒有動用任何魔力或伐刀絕技，從〈B．B〉的腳下擊倒他，最後往「太陽穴」一刺，Ｆｉｎｉｓｈ！他身上甚至沒受任何擦傷，就擊敗一名奎多蘭代表！完美勝利(Perfect game)!!Ｂｒａｖｏ——!!太誇張啦！這名日本武士強過頭了!!混蛋，老子還來不及看攝影機耶！』

主播倒帶影像確認戰鬥過程，興奮得尖叫連連。

而法米利昂陸軍觀看這些轉播影像，為一輝的強大拍手叫好。

「啊哈☆根本秒殺嘛！好好笑喔！」

「……原來如此，若不是有拖油瓶在(我們)，這對手甚至傷不到他嗎？」

「上將，別這麼說嘛。是史黛菈的男朋友太非人哉了，拿自己跟那種怪物比，只會更傷心啦。雙方大小有如螞蟻對大象，結果那傢伙根本不把體型差異放在眼裡，甚至利用對方的龐大，化攻擊於無物。」

對手身體越大，縫隙就越寬。

這麼說的確很合理。

舉例來說，就像是自己以為已經打死蚊子，蚊子卻從指縫中溜走。

縱使這說法多麼理所當然——真的**有人做得到嗎**？

一個人在面對巨拳落下的壓迫感，真能如此沉穩判斷？

堤米特光是稍微想像那個畫面，全身就怕得發抖。

「他的膽子到底有多大呀？真是的，史黛菈那傢伙還真帶了個不得了的傢伙回來。」

就在眾人議論的同時，畫面中的一輝展開行動。

他沿著幹道邁開步伐，出發前往路榭爾中央。

他可能是想去協助其他同伴。

不過——

『〈B‧B〉昏迷後恢復原本的大小。〈落第騎士〉將〈B‧B〉託付給聯盟的醫療人員之後，再次行動！這次他要讓哪個人成為刀下亡魂呢！好奇歸好奇，我們可不能讓攝影機一直追著男人的屁股跑，這種畫面根本NG！現在更換場景！畫面來到奎多蘭上空！兩國王族對決正逐漸白熱化！』

此時轉播畫面切換至史黛菈與約翰的戰鬥。

『〈新王〉約翰充分發揮機動能力！〈黃金戰車〉的「道路」可以無視任何環境、任何障礙，通暢無阻！哪怕是沒有立足點的空中，或是直角急轉彎全都難不倒他！〈黃金戰車〉可以完全不煞車，全速衝向任何場所、任何路線！他腳下的軌跡有如奔騰天際的閃電！〈紅蓮皇女〉要與這種對手進行空中戰，是否會有些不利呢!!』

正如主播所言，約翰現在握有這場空中戰鬥的主導權。

史黛菈才剛學會〈妃龍翅翼〉不久，還無法將這項伐刀絕技操縱自如。她身處空中，無法借地使力。攻擊總是會被約翰擋下，沒辦法充分發揮她自豪的怪力。

雖然還有其他幾種不利要素，最大的原因果然還是在於約翰擁有的能力特性。

約翰的能力——「道路」就如主播描述，無論路線直彎、路面崎嶇與否，對他來說都如同平坦、筆直的道路。

前方道路所有的障礙在這項能力面前，形同無物。

當然，**史黛菈本身也不例外**。

史黛菈身處於約翰的道路前方，能力干涉因果之後會大幅度削減她的潛在能力。

於是，只要約翰還靠著〈黃金戰車〉縱橫馳騁，史黛菈總是會慢一步出手。

她只能一個勁地防守。

她擋下刺擊試圖反擊，約翰卻藉著突刺的力道順勢逃離攻擊範圍，抓也抓不到。

史黛菈顯然處於劣勢。

她始終無法順利進攻。

然而——

（——唔……）

雙方第數十次交手之際，鮮血沾溼史黛菈的臉頰。

這——並非史黛菈的血。

鮮血來自於單方面不斷進攻的約翰。

〈妃龍罪劍〉並未傷及約翰。

約翰的袖口到指尖卻出現一條血線，沿著肌膚沾染上騎兵槍槍柄。

究竟是怎麼一回事？

史黛菈知道答案。

日前舉辦的〈七星劍武祭〉第一輪比賽。

歐爾・格爾當時以「平賀玲泉」的身分參加〈七星劍武祭〉。史黛菈還記得他是如何對待〈冰霜冷笑〉鶴屋美琴。

〈傀儡王〉歐爾・格爾擁有的伐刀絕技中，有一招能以絲線操縱他人。

甚至能引出受操縱者都無法驅使的潛力。

換句話說，這等於是徹底無視受操縱者意願的〈一刀修羅〉。

強行讓受操縱者的肉體與靈魂發揮超越極限的力量。

不帶一絲體諒與同情。

約翰現在就處在這種狀態。

約翰的魔力與招式，和史黛菈印象中的他相去甚遠。

這些行動早已超越約翰原本的實力。

約翰再繼續胡來，他的肉體恐怕撐不了多久。

——不能繼續拖下去了。

得趕快決出勝負。

『交給我吧！法米利昂的大家、露娜姊、我自己……還有約翰哥他們，我一定會親手保護所有人！』

她已經向大家許下承諾。

史黛菈下定決心。

『欸?這、喂喂喂喂!〈紅蓮皇女〉!妳到底想幹麼啊!?』

「史黛菈……!?」

「──────!」

留在法米利昂觀看轉播的史黛菈雙親瞪大雙眼。

因為──

『現在還在戰爭、打鬥還在繼續,妳怎麼把自己的靈裝收起來了!?』

她居然做出如此破天荒的舉動。

『她、她該不會、打算空手接下〈黃金戰車〉的〈蹄轢王道〉!?她瘋了嗎────!這麼做太亂來了!直接用肉身擋在以高速奔馳的騎兵面前,下場可想而知!不過──**她現在後悔也來不及啦!!**』

敵人主動收起武器。

約翰──應該說操縱他的〈傀儡王〉不會放過這千載難逢的好機會!

「〈蹄轢王道〉!」

『〈黃金戰車〉有如離弦之箭衝刺上前!直線衝向毫無防備的敵人!』

金色騎兵伸出騎兵槍,在空中筆直奔馳。

槍尖直指史黛菈的心臟。

© Won

而史黛菈卻遲遲沒有伸手拿劍。
她擺出架勢，打算空手抓住迎面而來的槍尖。
——這決定實在是異想天開，魯莽得出乎意料。
不會有步兵敢正面承受騎兵衝鋒。
更別說約翰的能力是「道路」。
這股霸道之力能踏碎前方所有障礙，不斷邁進。
其能力會以概念的形式扭轉因果，甚至能將史黛菈的臂力化作虛無。
這才是天經地義。
然而——
（什麼天經地義！跟我無關……！）
史黛菈開始回想。
她在愛德貝格對上的那名嬌小〈魔人〉。
〈饕餮〉福小莉。
史黛菈自身武藝不凡，所以她能明白。
現在的自己和那名敵人對上——肯定每戰必輸。
自己和對方的實力差距就是這般天高地遠。
史黛菈承認這個現實，毫無反駁的餘地。
然而，即使自己比她弱小——自己還是贏得那場殊死戰。

他們這些伐刀者會以自身意志改寫命運。
強大的意志、強烈的自我有時甚至能顛覆這份命運。
換言之，伐刀者的戰鬥即是爭奪命運的主導權。
既然如此——踐踏、突破所有障礙的命運之力，怎麼可能對她構成威脅？
自己**必定擋得下**。
她一定抵擋得了約翰的命運之力。
不、她理應做到。這點程度簡直小菜一碟。
因為現在的約翰甚至不是約翰自己。
他受到邪惡意志操控，只是一具「木偶」。
他的一舉一動不存在任何一絲意志、自我……！

「哼嗯————!!」

黃金戰馬全速撞上史黛菈，〈黃金戰車〉的槍尖朝著她的心臟——
——碰不到。
傷不到她一分一毫。
史黛菈輕易地以雙手接下騎兵槍，憑蠻力擋下對方的衝鋒。
『什……！停、停下來啦啊啊啊啊——！〈紅蓮皇女〉，唬人的吧!?以〈黃金戰車〉碾碎道上所有障礙的〈蹄轢王道〉！她竟然當真空手擋下這一招！她的力量實在非比尋常啊啊啊啊──────!!』

史黛菈用力拉過騎兵槍，把約翰拖下黃金戰馬。

他眼看就要從空中墜落，史黛菈一把揪住他的衣領，拎起全身──

「約翰哥，露娜姊託我轉告你。」

她大口深吸一口氣──

「你這個大蠢蛋!!身為人民的典範，下一任王位繼承人，怎麼能搞成這副德行───!!給我咬緊牙根────!!」

昨晚在舉行國葬時，姊姊交代自己的留言。史黛菈將留言與包含在內的情感吶喊出聲──

──接著全力賞了約翰一巴掌。

◆◇◆◇◆

前所未有的打擊襲上左臉。

約翰的身體如砲彈般彈飛，從路樹爾上空墜落郊外大地。

衝擊力十足的景象讓主播不禁驚呼出聲。

就算是伐刀者，從數百公尺高的空中直接墜落地面，肯定會出事。

而且一定是慘劇一樁。

他恐怕必死無疑。

不過這是對一般伐刀者而言。

約翰從高空中墜地，餘波甚至撞倒七棟房子，卻仍然存活。

原因在於〈傀儡王〉從他身上強行逼出的魔力。

約翰釋放超越極限的魔力，緩和墜落時的衝擊力道。

他當然毫髮無傷。

約翰被埋在瓦礫堆下，他扭動身軀，想立刻起身。

他若無其事推開瓦礫，準備站起身。

受人支配的身體是如此——內心卻不同。

他的自我流乾了淚水，沉溺在絕望與無力的泥沼中。然而史黛菈的巴掌狠狠打醒了他。

（那、句話……）

他記得這句話。

當時的他就跟剛才一樣，被人罵到臭頭，又被人打了一巴掌。

他那時還在英國的大學留學。

加冕儀式日日逼近的壓力，隨之而來的重責大任，他有段時間一直在逃避這些重擔。

既然他無法擺脫自己的命運，至少當下要活得自由自在。

他跟一些稱不上品行良好的酒肉朋友混在一起，四處玩樂。

然而某一天晚上——

他正要前往某個派對途中，「她」忽然出現在自己面前。

——露娜艾絲·法米利昂。

她是自己的兒時玩伴。她和自己一樣，為了在未來背負自己的國家，出國深造。

她大自己一歲，自己在她面前總是抬不起頭。

兩人面對面的一瞬間，約翰就知道她是來勸戒自己。

所以自己對她說：

時間一到他自然會好好振作，至少現在讓自己盡情玩鬧。

就在這一瞬間。

露娜艾絲就跟剛才的史黛菈說出一模一樣的話，並且一巴掌狠狠甩在自己臉上——

『想活得自由自在？你以為你跟我有什麼權力活得自由自在！你不想想自己是靠誰的錢養活自己？又是靠誰的錢受教育？你必須為奎多蘭而生，更要為奎多蘭而死！』

她說完這番話，強行把自己拖了回去。

……就在當天深夜。

聽說那群朋友因為使用違法藥品遭到逮捕。

幸好露娜艾絲打醒並拖走自己，否則就算他沒有用藥，光是在場都會引發大問題。

到時自己恐怕嚴重打擊奎多蘭的形象，讓國民、父母傷心難過。這股恐懼令他聯想到這一連串「if」，深深體會自己耽溺於學生身分的自由，究竟有多麼輕率。

經過這件事，他不再拿學生身分當藉口貪圖享樂，而是時時刻刻謹記「成王的自己」，表現出該有的行為舉止。

為了讓自己將來足以承擔那份重責大任。

露娜艾絲・法米利昂自兒時就體悟成王的重任，無論何時都表現得威風凜凜……他要以她為榜樣。

自己想變得像她一樣。

然而……

（我根本做不到……）

父王、母后、好友——他親手殺死了所有人。

貫穿肌肉的觸感，生命盡頭最後的顫抖、雙眼中的驚愕與絕望。

這一切至今仍歷歷在目。

一幕幕慘劇不斷在腦袋裡重現。

他……做不到。

他沒辦法背起這些罪孽活下去。

更別說成為國王……

他不想再思考。

他不想繼續苟延殘喘。

（……就這樣繼續當那傢伙的『人偶』，還比較輕鬆…………）

約翰正打算委身於從絲線流入體內的惡意，就在此時——

「不行，我不准。」

（——!?）

約翰任憑擺布，推開瓦礫站起身。

而「她」背對即將西沉的緋紅夕陽，出現在約翰面前。

她就是法米利昂皇國第一皇女——露娜艾絲・法米利昂。

◆◇◆◇◆

（她為什麼、會在這裡……）

現在的路榭爾是「戰場」。

戰爭期間明明禁止閒雜人等出入。

為什麼她會在這裡？

約翰困惑不已。

「約翰，小時候你曾經在自家城堡裡的玫瑰園裡對我說喪氣話，說你當不了國王。而我當時答應你一件事，你還記得嗎？」

露娜艾絲說著，緩緩靠近約翰。

她面對眼前的險境，仍然神色自若。

她仍舊是那樣正氣凜然，讓約翰既景仰又愛慕。

「我還謹記那份約定，時時刻刻放在心裡。而現在，我要來遵守自己的諾言。

你無法一個人承擔那份重擔，就讓我幫助你撐起肩膀；

你無法獨自忍耐那份劇痛，就讓我和你一起分擔。

你的身邊還有我在。

所以——約翰，快回來!!」

「啊——」

約翰聞言，這才憶起往事。
曾幾何時，露娜艾絲的確對自己許下承諾。
自己當不了國王。
自己年少時十分懊惱，露娜艾絲便訂下這個約定，鼓勵自己。
這不過是兒時隨口說出的約定，連被鼓勵的自己都早已拋諸腦後，她卻——
（～～～～～～！）
這一瞬間——恐懼爬過約翰全身。
彷彿一股冷流灌進自己的血管。
他知道這是什麼。
——住手。
這是惡意。
〈傀儡王〉歐爾・格爾的惡意漸漸流淌至體內。
惡意化作鮮血，滲入肌肉，支配五體。
他緩緩舉起〈黃金戰車（騎兵槍）〉，槍尖指向露娜艾絲——
——快住手……！
腦中重現自己殺掉路克等人時的觸感。
那股令人目眩的絕望漸漸湧上心頭。
這是絕對的支配。

無法阻止。

他拚了命抵抗、哭喊求饒，卻——

那時候是。

那時候也是。

那時候也一樣……！

但是——

「只有她、不准你對她出手啊啊啊啊啊啊啊啊啊啊啊啊啊啊!!」

黃金騎槍的槍尖就在下一秒——深深貫穿露娜艾絲。

刺穿她纖細的軀體。

同一時間，大量鮮血灑落在瓦礫堆上。

然而——

「哈、啊……！呃、咳…………!!」

那不是露娜艾絲的鮮血。

所有鮮血都是從約翰全身噴灑而出。

露娜艾絲的軀體不流一滴血。

沒錯，約翰在千鈞一髮之際，竭盡全力擺脫〈傀儡王〉的控制。

歐爾・格爾的絲線緊緊束縛他的全身、他的靈魂。而他拚死扯斷那些絲線。

並在〈黃金戰車〉刺進露娜艾絲腹部的前一刻，切換為〈幻想型態〉，扼殺槍尖的殺氣。

胡來的代價十分龐大。

約翰全身肌肉撕裂，大腦、內臟嚴重損傷，雙耳、雙眼溢出血水。

另一方面，露娜艾絲並非平安無事。

〈幻想型態〉不會傷及肉體，卻會保留同等的痛覺。

粗大騎槍捅進腹部。

槍尖擊碎背脊、刺穿背部。

這股劇痛足以使她當場昏迷。

然而——

露娜艾絲額上滲出冷汗，卻不露神色，一聲不吭。

「…………」

〈幻想型態〉造成的痛楚與損傷，不過是對靈魂施以強力催眠。

倘若一個人以強悍的意志、堅韌的決心面對戰鬥，這股催眠無法帶走他的意識。

露娜艾絲正是懷著這股意念而來。

為了搶回她最重要……最心愛的兒時玩伴，為了讓他不再喪失任何事物。

露娜艾絲——為此邁開步伐。

她不顧捅進腹部的騎槍，向前走去。

她其實可以先向後退，拔出騎槍。

但是她不願離開約翰，那怕只是區區幾步。

於是——

「約翰，歡迎你回來。」

露娜艾絲將遍體鱗傷的約翰擁入懷中。

「……我、我還是……保護、不了……………！什麼都……一個人也……保護不了……！」

露娜艾絲懷中的約翰。

鮮血濡溼的軀體隱隱顫抖。

……他讓約翰做出了那些舉動。

那隻惡魔親口將實情告訴露娜艾絲。

也難怪，愧疚的念頭、自責幾乎要壓垮約翰。

不過，露娜艾絲很清楚。

他——並非無能為力。他——確實保住了一個人。

因為——

「你胡說什麼？你保護了我呀。」

自己活下來了。

「…………！」

「你放心，史黛菈他們一定會幫你奪回奎多蘭。」

但是──

「你身為國王，有義務重振國家。別擔心，你一定辦得到。我之後會待在你身邊，永遠扶持著你。所以……讓我們一起努力吧。」

「啊──」

永遠扶持著他。

約翰聽出這句話的言下之意，以及話中的情感。

但他只能發出不成聲的疑問。

約翰的傷勢過於嚴重，再加上……罪惡感與無力感連續數日苛責著他，他的身心早已瀕臨極限。靈裝煙消雲散。

緊繃的身體彷彿斷了線似的，倚靠在露娜艾絲身上。

露娜艾絲緊抱住約翰，佇立在原地。

聯盟率領的救護人員隨即上前。

直到他們前來為止。

她始終支撐著約翰，不曾鬆手。

◆◇◆◇◆

直到約翰倒下為止的這一連串狀況。

播報員全都看在眼裡，臉上滿滿的困惑。

『這、這是在搞哪樁？現在到底是什麼狀況!?史黛菈猛烈的巴掌打飛〈新王〉約翰。而他摔下地面後，法米利昂第一皇女，露娜艾絲‧法米利昂忽然冒出來，約翰又捅了她一槍……！不過她沒流血，應該是改成幻想型態……？然後約翰突然噴得滿身血……？喂喂喂，我根本看不懂啊？怎樣？史黛菈的巴掌難不成是傳說中的北斗神拳嗎!?』

布馬徹底慌了手腳，但也難怪他會有這種反應。

約翰受〈傀儡王〉操縱一事還未公諸於世，大眾仍然以為他是政變主謀。

只有少數有關人士知道內情。

一旦完整公開代表戰開戰的前因後果，大眾得知主辦方屈服於恐怖分子，必定會引發輿論撻伐。

屆時聯盟、法米利昂都無法開脫。

所以他們隱瞞了這個消息。

布馬只是一介播報員，不可能得知事情內幕。

不過布馬好歹是專業的比賽主播。

『先不管實際上發生什麼事，光從攝影機畫面看來露娜艾絲沒有做什麼手腳，還被捅了肚子，不算法米利昂犯規。只是露娜艾絲，「戰爭中」的區域嚴禁無關人員出入啊！參賽選手以外的閒雜人等全都等同路旁的石子！被幹掉也是活該耶！各位工作人員快快快！快點把他們帶走！太危險啦！』

他不勉強追究自己弄不懂的狀況，臨機應變，公正地確認露娜艾絲介入是否違反規則。確認完畢後，隨即向工作人員下達應有的指令。

露娜艾絲與昏倒的約翰在救護人員的協助下，離開路樹爾。

阿斯特蕾亞望著兩人……默默地回想。

昨晚，露娜艾絲突然將她請了過去。

『露娜，妳說想談重要的事，是什麼事呀～？』

『居然連孤都叫來了，真難得。怎麼回事？』

現在是深夜，宴會漸息之時。

阿斯特蕾亞與席琉斯忽然接到露娜艾絲的電話，便來到她指定的地點——中央公園出口。

國民都聚集在公園內參加國葬，公園出口只有他們兩人以及露娜艾絲。

露娜艾絲將兩人叫到安靜的地方後——

『……父王、母后。』

忽然朝兩人深深垂下頭。

接著——

『衷心感謝兩位長年來的養育之恩，我——露娜艾絲・法米利昂宣布放棄法米利昂王位繼承權。』

她的語氣比平時更加恭敬、嚴謹，說出的話卻十分驚人。

『『什……!?』』

阿斯特蕾亞與席琉斯聽見露娜艾絲突如其來的宣言，自然是大吃一驚。

『露、露娜，這是怎麼回事!?怎麼突然說要放棄繼承權……!』

露娜艾絲抬起頭，回答阿斯特蕾亞：

『父王應該也看見那一幕了。人民期待的王、真正適合登上王位的人是誰？我方才與史黛菈交談之後，終於發現答案了。』

她口中與史黛菈的那場對話。

正是國民搭建國葬篝火用木架時發生的小騷動。

露娜艾絲要求史黛菈勸說國民撤離，史黛菈不從，反而站在國民這一邊，支持他們留在國內。眾國民見狀更是欣喜，歡聲雷動。

阿斯特蕾亞也聽席琉斯轉述當時的狀況。

……露娜艾絲是不是介意國民對於自己的支持度不如史黛菈？

阿斯特蕾亞心想，於是——

『……露娜，史黛菈的確很受民眾喜愛，但媽媽不認為露娜比不上史黛菈，妳還是有成王的資質喔～而且國王可不能只討民眾喜愛呀～』

她試著安撫，希望露娜艾絲能回心轉意。不過──

『日本有句俗語：「越笨的小孩越惹人疼」，我當然清楚這一點。』

『這、這句話還真毒呢～……』

『我只是在描述事實。我並不在意自己比較不受國民愛戴，只不過……』

『只不過……？』

『現在整個法米利昂上下一心，一起面對這場事關國家存亡的重大戰役。當我見到這樣的法米利昂，我才發現……孕育我的國家就是如此強韌的國度……我也非常喜歡這個國家。』

『露娜……』

阿斯特蕾亞聽著露娜艾絲的想法，頓時語塞。

露娜艾絲不會因為一時激動或迷惘，隨便做出這麼重大的決定。

露娜艾絲是真心想放棄王位。

……然而，阿斯特蕾亞不贊同露娜艾絲放棄王位繼承權。

從她的角度來看，不會有人比露娜艾絲更適合登上法米利昂王位。

這個國家的國民不知是受到社會風氣，還是現任國王席琉斯的影響，處事總是有些莽撞。

現在就是最好的例子。國家陷入危機，國民卻堅持不去避難。

露娜艾絲的沉穩、理性彌補了法米利昂的不足，法米利昂需要她。

阿斯特蕾亞十分煩惱，不知該怎麼讓露娜艾絲回頭。

此時，阿斯特蕾亞身邊傳來問句：

『原因不只這些吧？』

『！』

席琉斯剛才默默聆聽露娜艾絲的想法，這時才開口問道。

『……孤剛才也在場，當然也聽見妳們的對話——是因為約翰嗎？』

露娜艾絲下意識想開口。

她卻說不出半句話。

她可能是想找些正當的理由。

口中的掩飾卻不成聲——沸騰的情感逼迫著她，真心話脫口而出。

『我想、待在約翰身邊……』

『露娜……』

『現在是他最痛苦的時候，我想陪著他……！我現在就想趕到他身邊，成為他的支柱！我身為法米利昂第一皇女，本來應該為國家而活，為國家而死，根本不應該說這種任性話……！我當然明白，但是話一出口，我就壓抑不住這個想法……』

『去吧。』

『咦……』

『爸爸？』

露娜艾絲與阿斯特蕾亞不禁看向席琉斯。她們沒料到他會這麼說。

他應該明白，露娜艾絲剛才那番話代表什麼意思。

席琉斯明明那麼反對史黛菈的婚約。

席琉斯大嘆一口氣，說道：

『露娜，妳從以前就習慣把每件事想得很複雜。

為這個國家而活，為這個國家而死？這就是皇室成員的義務？

蠢蛋，那些傢伙怎麼可能希望妳這麼做。

他們只希望妳和史黛菈能常保笑容，除此之外別無所求。

他們一個個都是寵小孩寵上天的笨蛋家長……孤也一樣。』

露娜艾絲仍然一臉呆愣，席琉斯伸手摸了摸露娜艾絲的頭。

他十分粗魯，用力搓亂她的髮絲。

『露娜，妳就去吧。去做妳想做的、只有妳辦得到的那些事。』

『唔、父王！』

下一秒，露娜艾絲撲進席琉斯懷中。

『父王……我愛你……謝謝你至今的照顧……！』

於是，露娜艾絲與史黛菈一行人一起離開法米利昂。

為了親手救出約翰。

她沒有能力戰鬥，只憑著一股衝動跟了上去。

她的舉動只能用魯莽來形容，但是露娜艾絲仍然選擇這麼做。

（……露娜果然是**法米利昂的女人**呢。）

阿斯特蕾亞心想。

她一直以為露娜艾絲比較像自己，但她似乎誤會了。

露娜艾絲的體內流有相同的血液。

和席琉斯、史黛菈一樣，炙熱如火的熱血。

「……真是太好了呢，爸爸。」

露娜艾絲以那身血脈的火熱，成功奪回了約翰。

她的魯莽得到了好結果。阿斯特蕾亞望向身邊的席琉斯，想與他分享心中的喜悅。

席琉斯聞言，回答她：

「好個頭，孤寂寞得要哭出來了。」

他的臉皺成一團。

「……那你一開始就別答應讓她去呀。我可是很反對讓露娜放棄王位繼承權呢。還不是爸爸先允許露娜離開……我只能順著氣氛勉強答應了呀。」

「唔、可、可是沒辦法啊。孤知道露娜從小一直為了登基的那一天努力，現在她卻主動說要放棄王位，一定是下了非常大的決心。孤怎麼能反對？」

席琉斯答完，大口大口地嘆氣。

接著他一臉彆扭地抱怨：「真的這麼愛孤，別離開法米利昂不就好了？」

阿斯特蕾亞覺得席琉斯這副沒用的模樣可愛極了。她靠著席琉斯的手臂，對他說：

「爸爸，女兒口中的『我愛你』，有七成是為了圖方便呢。」

「欸？」

◆◇◆◇◆

「太好了……」

史黛菈從路榭爾的上空守候著露娜艾絲與約翰，此時才鬆了口氣。

當時露娜艾絲表示要親自阻止約翰，史黛菈還非常反對，覺得她在無理取鬧。

但是露娜艾絲不肯讓步。

『不過是讓妳稍微瞧見我丟臉的模樣，妳可別太小看我。要我痴痴等著別人來拯救心愛男人？我才沒那麼懦弱，我──可是妳的姊姊啊！』

然後，她也順利奪回了約翰。

完全沒仰賴任何能力。

（露娜姊果然很厲害呢……）

她總是這麼心想：自己大概永遠贏不過這位強悍的大姊。

救護人員將露娜艾絲與約翰帶離現場，史黛菈滿懷景仰目送姊姊離去。

緊接著——

『……好了，好戲才正要上場呢。』

她收斂神情，加強〈妃龍翅翼〉的力量。

火焰噴發，燐光散落路樹爾的街道。

這些燐光出自史黛菈的魔力，更是她身體的一部分。

史黛菈透過魔力俯瞰整座路樹爾——

（找到了。）

比蜘蛛絲還細微的魔力絲線，從路樹爾延伸至奎多蘭全國。

整個奎多蘭彷彿化作蜘蛛巢穴。

而那傢伙——肯定就在這座巢穴的中央。

「約翰哥的痛苦、還有送了命的大家。我絕對不會原諒你！」

史黛菈再次顯現靈裝——〈妃龍罪劍〉，振翅飛翔。

她以法米利昂之劍的身分，飛向自己必須迎戰的仇敵。

攝影機仍然緊追著史黛菈的背影——

『史黛菈以絕對力量擊潰奎多蘭隊的主將——〈新王〉約翰！她立刻前去支援同伴！方才的戰鬥似乎沒耗她多少力氣！開戰不到十分鐘，法米利昂隊已經迅速擊敗兩名敵人！而且雙方都是剛成年的新戰力，新生代還真是可靠到翻掉啊！現在戰況為五比三！法米利昂隊會不會就這樣一口氣定勝負!?別的戰場狀況如何咧!?首先我們來看看王城玫瑰園的畫面——欸、這、這怎麼……！』

轉播直升機透過無人機蒐集到無數畫面。

其中一個鏡頭的景象讓主播啞口無言。

第十七章　不轉殺手

一輝、史黛菈與敵人開戰之時。

奎多蘭王城中庭的玫瑰園內，同樣即將點燃戰火。

〈不轉殺手〉多多良對上〈惡之華〉艾茵。

「菲亞，妳無論如何都要和我交手嗎？」

「廢話，妳把〈闇獄之家〉的信用扔到水溝裡去，我就拿妳的頭來賠。」

「我真想不透……那種地方有什麼值得妳牽掛的東西嗎？」

「……妳懂不懂都無所謂。」

多多良無情地說，接著從切成兩半的庭園桌中舉起自己的靈裝——

「〈掠地蜈蚣〉，我們上……！」

她拉動拉繩，啟動電鋸引擎。

電鋸發出長嚎，多多良舉起電鋸劈向艾茵頭頂。

艾茵坐在庭園椅上——

「〈多嘴鬱金香（Trigger happy）〉。」

長靴鞋跟輕輕敲向中庭地面。

艾茵身後的地面忽然應聲碎裂，裂縫中鑽出一朵鮮紅鬱金香，朝著艾茵正前方的多多良蠢蠢欲動。緊接著——

『嘎————!!』

「！」

花朵發出淒厲尖叫，幾乎能震破多多良的耳膜，花瓣中心噴出火花，同時射出某種物體。

多多良迅速反應過來。

她馬上撲向一旁，躲過物體。

下一秒，多多良原本站著的地面忽然出現無數彈孔。

「機關槍嗎……！」

〈多嘴鬱金香〉移動頭部追蹤多多良，發出尖銳哀號，持續射擊。

多多良以艾茵為中心向右狂奔，利用玫瑰園內的石像與籬笆做掩護，與艾茵一點一滴拉近距離。

多多良身手矯健，耐心十足地進攻。

艾茵卻不見一絲焦急——鞋跟再次敲了敲地面。

「戳刺青竹。」

Bamboo Javelin

「唔噢!?」

緊接著，青竹槍陣刺穿多多良正下方的地面，破土飛出。

艾茵從死角——腳下展開奇襲。

尋常伐刀者在察覺的一剎那就已經成了肉串。

多多良卻不同。

她身為伐刀者之外，更是一名刺客。

她自幼接受無數應對這類突擊的訓練，早就玩到膩了。

迴避的技術已經深深刻畫在她的血肉之中。

「——！」

多多良面對逼近的竹槍，並未選擇刻意在原地防禦。

她放鬆身軀，靈巧地繞過槍鋒，穿梭在槍陣之間。

竹槍只稍微劃破多多良的衣服與皮膚。

然而——她的敵人和她一樣，是師出同門的殺手。

艾茵當然知道，這點偷襲殺不了〈闇獄之家〉的殺手。

她這麼做另有企圖——

「抓住妳了。」

而她的企圖已經呈現在眼前。

青竹槍陣高聳入天。

這些竹槍化作牢籠，阻礙多多良的行動。

〈多嘴鬱金香〉並未錯過決定性的良機。

——射擊。

花瓣噴出猛烈的槍口閃焰，種子彈胡亂掃射。

青竹牢籠團團包圍多多良四周，她無處可逃。

沒錯，扣除一點——

「〈完全反射（Total Reflect）〉！」

「——！」

她擁有的能力。

子彈即將鑽入身體的一瞬間，多多良連續發動「反射」之力。

子彈驟雨頓時彈向周遭。

彈開的子彈霎時之間粉碎周圍的青竹。

〈多嘴鬱金香〉也瞬間被流彈打成蜂窩，散落凋零。

「哈啊啊啊啊啊！」

多多良趁著敵方的攻勢頓失，大幅拉近雙方距離。

艾茵以為〈戳刺青竹〉捉住多多良，鬆懈了半刻。只見刀光一閃，電鋸一刀橫掃，瞬間斬飛艾茵的左手。

然而，艾茵也是〈闇獄之家〉首屈一指的刺客。
她手臂遭砍飛仍無動於衷，隨即退向後方。
「〈大胃王捕蠅草〉(Crunch alligator)。」
剩下的右手打了個響指——啟動自己腳下設好的陷阱。
艾茵退開、換成多多良踏上的位置忽然炸開，兩片葉片翻土冒出。
那是一株巨大的捕蠅草，葉片內長有尖銳的刺毛，寬大的葉片甚至能一口吞下整個人。
普通捕蠅草的葉片只會咬住、消化蒼蠅，這株捕蠅草的龐大葉片可不只如此。
葉片擁有媲美鱷魚的咬合力，能瞬間壓扁抓到的獵物。
是一株將人擠成肉醬吞食的食人植物(Man Eater)。
然而捕蠅草自傲的咬合力——
「沒屁用啦……！」
在眼前的敵人面前反而弄巧成拙。
葉片合起的力道遭到「反射」，衝擊力登時將〈大胃王捕蠅草〉炸成碎片，葉片汁液四散。
但就在此時，艾茵已經再次與多多良拉開距離。
她立刻逃到不易受追擊的位置，兩人之間蠢動的戰鬥氣勢暫時冷卻。
「嗯哼哼，菲亞，很厲害呢。那個愛哭鬼菲亞居然能砍下我的手臂……總覺得有點開心。一個人的成長真是美好極了。」

自己以能力製造的眾多〈魔法花〉。

多多良對這些攻擊根本不屑一顧。艾茵的左手臂只剩上臂中段，她輕撫斷手，讚賞著多多良。

多多良聽見她衷心的讚美，一點也不開心。

「少裝得一副高高在上的鬼樣。我頂多擦傷，妳丟了一隻手，用膝蓋想都知道誰比較占優勢。下一刀就要妳的頭……我馬上就讓妳那張嘴吐不出半句廢話。」

多多良不屑地說完，再次壓低身軀，擺出姿勢準備突擊。

她又一次使勁拉動拉繩，將引擎出力開到最大。

她彷彿在激勵自己，下一次逼近敵人就要決出勝負。

艾茵對此則是——

「哎呀，我好怕呢……不過，妳當真能順利取我性命嗎？」

她仍然掛著從容的微笑。

她的笑容飽含自信，不認為自己會輸給眼前的敵人。

那張笑容惹火了多多良——

「隨妳怎麼說！」

我就連同那張悠哉的蠢臉砍下妳的頭！多多良再次衝向艾茵。

不、正確來說，她是「打算」衝上前。

然而——

「……！」

艾茵缺損的左手發生異變，阻卻多多良的追擊。

艾茵的左手再次噴灑血沫，沾滿鮮血的荊棘從手臂斷面擠出，有如蛇身不斷扭動、伸長。

荊棘一次又一次分枝，藤蔓數量逐漸增加，並以艾茵為中心鋪上整面荊棘絨毯，順著地面蔓延至整座中庭。

荊棘最後延伸至多多良腳下，伸出藤蔓意圖纏住她的雙腳。

一根、又一根，十分緩慢地爬來。

「——……！」

多多良眉頭一皺，向後逃走。

荊棘動作緩慢，卻不斷追上多多良，一次又一次伸出藤蔓糾纏她。

「嘖……！喝啊!!」

多多良煩躁地揮動電鋸，狠狠一劈。

她一邊砍伐追來的荊棘藤蔓——

「喂！這軟綿綿、慢吞吞的攻擊是什麼鬼！要打就給我認真上，少在那邊耍人！」

她焦躁地大喊。敵人的攻擊太過緩慢，完全感覺不到狠勁。

然而——

「嗯哼……菲亞，已經不見剛才的得意囉。」

「……！」

「也難怪嘛。妳最討厭這種攻擊了呢。」

艾茵看穿多多良在虛張聲勢。

「菲亞，妳的反射能力確實強大。但是伐刀者的魔力有限，任何能力都無法長時間使用，妳的反射也不例外。所以呢，菲亞，妳總是依賴敏銳的反射神經，只在衝擊發生的**瞬間**發動反射。也就是說——妳沒辦法應付這種緩慢加壓的攻擊，是不是？」

「嘖！」

艾茵點出的真相。

正中多多良的弱點。

多多良的「反射」很難應付艾茵這種一步步逼近的攻勢。

這樣一來她就無法看穿力道、速度的最高點，抓不到時機施展「反射」。

但是——

「給妳猜中又怎麼了？這藤蔓慢到有剩，根本不需要動用伐刀絕技！我只用〈掠地蜈蚣〉就能砍成一堆碎枝！」

沒錯。

© Won

艾茵的確看透自己的弱點。

但說到底，這種慢悠悠的攻擊原本就不需要「反射」。

她只要砍斷所有蔓延而來的藤蔓，抵達艾茵身邊就夠了！

多多良正要轉換對策，此時她的耳邊——

——一陣銳利的破風聲呼嘯而過。

「——！呃……！」

荊棘藤蔓如鞭子般掃來。

逐漸逼近的荊棘絨毯忽然抬起一條藤蔓，飛向多多良的頸部，像是要一鞭劈下她的頭。

多多良以聽覺察覺殺意接近，緊急發動〈完全反射〉，平安擋下攻擊。然而——

——多多良臉上浮現更深的焦躁。

她發現了。

敵人在打什麼主意。

她猜得沒錯——

「這種慢悠悠的動作不可能抓得到敏捷的刺客。不過……只要雙管齊下，用快攻阻擾妳的行動，同時施以慢攻捕捉，妳就不得不迅速切換『反射』和『閃避』來抵擋我的攻擊……如此高難度的技巧，妳究竟能撐上幾分鐘呢？」

「……！」

下一秒，攻勢群起。

荊棘絨毯緩緩包圍多多良，逐漸蔓延至她的腳下。

絨毯中伸出的藤鞭化為鐮鼬，直指多多良頸項。

快攻與慢攻，兩種攻勢組成波狀攻擊。

多多良的「反射」屬於被動能力。

她必須仰賴對手的攻擊觸發能力，因此估算對手攻擊的時機極為重要。

然而對手同時施展兩種攻擊，攻擊的時間點迥然不同，她沒辦法順利推斷進攻時機。

攻擊、反擊、防禦，她無法掌握任何一個行動的估算基準，戰鬥節奏亂成一團。

剛開始的數分鐘，多多良以自幼訓練出來的反射神經抵擋波狀攻擊，但一切如同艾茵所說，這不過是權宜之計，還異常消耗體能。她撐不了多久——

「唔!?」

先是右腳落入荊棘魔爪。

「呿！」

多多良急忙舉起〈掠地蜈蚣〉，打算切斷沿著右腳爬上來的藤蔓，然而——

藤蔓由正下方緩緩伸來，纏住她握住靈裝的右手，舉得起揮不下。

藤蔓趁機延伸到左腳、左手，緊緊纏住多多良——

「好了，抓到妳了……♪」

〈惡之華〉勾起脣角嗤笑著。

她的笑裡——藏有濃烈的嗜虐心，令人渾身毛骨悚然。

「呃、啊、噫————呀啊啊啊啊啊啊啊啊啊啊啊啊啊!!」

下一秒，多多良吼出淒厲的慘叫。

荊棘藤蔓纏在多多良身上，開始扭扯她的四肢。

而且**還不只轉上一、兩次**。

四次、五次、六次……

肌腱四分五裂，骨頭碎裂，刺穿皮膚，仍然毫不留情。

藤蔓一點一滴扭轉多多良的手腳，力道緩慢，卻不容抵抗。

簡直像在擰抹布。

「啊啊啊啊！咕、噫、咿噫咿噫咿咿咿噫~~~~~~~~~~!!」

「痛嗎？哼哼，應該很痛呢。像這樣一點一點扭著手腳，呵呵，一定非常痛喔？我的心也好痛。這全都要怪妳的能力，害我沒辦法給妳一個痛快呢。所以我先向妳道歉，真的很對不起喔。」

「呼、嗯……！嗄!?」

「嗯哼，妳好像知道等一下會發生什麼事了呢。」

艾茵的話語載著藏不住的愉悅。

多多良望見眼前的景象，啞口無言。

自己的四肢被五花大綁，拉成大字，身體被高高舉上空中。

而毫無防備的軀體四周捲上一層又一層荊棘，荊棘上還長有無數細長尖銳的藤刺。

這怵目驚心的一幕足以讓她明白，之後會是什麼樣的地獄在等著她——

「讓我好好地抱抱妳，可愛的菲亞。」

「啊、咕、唔嗚嗚嗚～～～～！」

「慢慢地……仔細地……」

「嘎啊、啊啊啊、嘎嘎啊啊啊啊啊啊啊啊啊～～～～～～～～!!」

荊棘一點、又一點絞緊身體。荊棘上的無數尖刺花時間一分一毫刺入肌肉，搾出大量鮮血，將荊棘地毯染得又紅又黑。

就如同拷問刑具「鐵處女」。

多多良一次次嘗試以「反射」掙脫束縛，終究只是徒勞無功。

「反射」只彈開荊棘的些微束縛，而且只有短短一瞬間。

荊棘一絲一毫加強力道，緩慢又綿延不絕。

不斷加壓的力量隨即抵銷反射的力道，多多良無力突破現狀。她即使受過反拷問訓練，這份痛苦仍然難以忍受，悽慘的尖叫迴盪在庭院中。

〈惡之華〉揚起陶醉的微笑，慢步走向多多良，溫柔輕撫她抽搐的臉龐：

「哎呀哎呀，居然張著嘴大喊……菲亞真是貪心呢。」

接著將手臂粗的荊棘藤送進多多良張大的口腔。

「嘎咳!?嘔、嘔噁、哦、哦嘔!?!?」

「菲亞嘴真小，很難進去裡面呢。」

「嘔──呃、咯……咯、嘔嘔哦哦哦!?!?」

荊棘將嗚咽擠回喉嚨，強行深入喉間。

多多良的下顎被扯開到幾乎骨折，口脣間的微小隙縫溢出血泡與嘔吐物。

這股痛楚早已超出人類的忍耐極限。

多多良的雙瞳直接翻白，隱隱有水珠灑落腳下的血泊。

「菲亞真是的，嘴裡流出嘔吐物就算了，居然還失禁了。堂堂淑女怎麼能這麼失禮？」

「…………咕、要…………要死…………放、放過……我……」

口中忍不住擠出求饒聲。

然而眼前的人物豈會因為區區求饒大發慈悲──

「啊哈哈！還早呢，還死不了。這點程度怎麼殺得了妳？**那個家裡的人們被玩到這種地步，都還活著呢**。我會讓妳更加、更加痛苦。開心嗎？菲亞。好了，這邊的嘴巴剛剛出了醜，得好好懲罰妳呢。」

艾茵說完，拉起禮服裙襬，手正要伸進多多良的雙腿之間。

就在此時。

『喂喂喂喂喂喂！這個╳╳╳（嗶──）女，給我慢著啊啊啊啊啊────！！』

轉播攝影機剛播完史黛菈與約翰的戰鬥，正好將艾茵的惡行拍得一清二楚。

艾茵瞪向載著攝影機的無人機，一臉掃興。

「主播先生，有什麼事？現在可是戰鬥中呢。」

『ＦＵＵＵＣＫ！有什麼事？妳這虐待狂問什麼屁話！妳在搞什麼鬼東西！〈不轉〉已經處於失神狀態！明知道勝負已分還刻意繼續攻擊喪失戰意的比賽對手，這類虐待行徑嚴重違反規則！混帳東西，小心我判妳失去資格啊！』

任何戰爭都有其規則。

尤其這場戰爭是在〈聯盟〉規範下進行。

〈聯盟〉依據人道主義，在不干涉兩國自由的範圍內制定戰爭規則。

而在這套規則中，又屬「對對戰選手施以過度暴力」最為惡劣。

這行為被視為嚴重違規，犯規一次就足以讓主辦方宣判紅牌離場。

布馬這次身兼戰爭的主播與現場主持，他有權下達判決。

然而艾茵裝模作樣地大嘆一口氣，說道：

「唉唉，我還以為您想說什麼。主播先生，您誤會了呢。」

『嗄啊!?』

「您應該很清楚代表選手的能力才對。您不知道那孩子的能力是『反射』嗎？她的能力可以將強烈的衝擊力原封不動反彈給對手，我只能一步步慢慢進攻，才有辦法對付她。我也是非常不願意做這麼過分的事呀。」

『唔……』

正如艾茵所說，以往主播蒐集十名代表的能力資料，以便事前的準備工作。

這次也不例外。

尤其是多多良，她曾使用相同假名參加〈七星劍武祭〉，布馬早已大致上掌握她的能力。

艾茵強調自己是為了克服對手的能力，逼不得已出此下策。這麼說很合理，所以布馬也很難反駁她。

但是──

（這未免也太……）

殘忍。

布馬主持過地下格鬥那類過激的比賽，經驗豐富，然而連他都在猶豫該不該喊停。

荊棘藤緊緊束縛著多多良，遠遠都能看出她整個人慘不忍睹。

再繼續追擊這樣的對手，根本稱不上「戰鬥」。

這只是單方面的虐待。

不過，布馬無法擅自宣判多多良無法戰鬥。

先不提一般比賽的狀況，現在這場戰鬥可是「戰爭」。

這是兩個獨立國家之間的爭鬥，主辦方──〈聯盟〉不能隨意干涉兩國戰爭。因此〈聯盟〉推選的裁判或主播嚴禁基於規則以外的原因，任意宣判比賽勝負。

這該怎麼判？布馬苦思著──艾茵忽然主動開口：

「不過，請您放心。只要菲亞願意投降，我就不再繼續攻擊她……麻煩您稍待片刻，我現在就確認她的意願。」

接著，她面向瀕死的多多良：

「菲亞，妳聽見了嗎？妳和我正面交手之後，應該已經明白自己贏不了我。妳就棄械投降……發誓成為我的妹妹。妳發完誓，我就不再欺負妳了。不，不只如此。假如是跟妳聯手，我甚至可以回去做那份無聊透頂的殺手工作。我不知道妳為什麼會這麼執著於〈闇獄之家〉的名譽，但我願意出手幫妳……因為妳那麼喜歡我，我也最喜歡妳這個妹妹了。妳總是像隻小狗一樣，跟在我的後頭呢──來，菲亞，讓我聽聽妳的答覆。」

艾茵抽出深入多多良喉嚨的粗大藤蔓，催促著她。

「呃、噗、嘔嘔嘔嘔嘔!!」

一抽掉藤蔓，大量的血液、胃液混雜著肉片，一股腦地全吐了出來。

多多良根本說不出話來，只是重複嘔吐與咳嗽好一陣子。

良久，多多良終於停止嘔吐──

「……嘻、嘻嘻嘻……嘻哈、哈哈哈…………！」

這次換成抖著扭斷的四肢，呵呵大笑。

她顯然在嘲笑對方。

艾茵見狀，皺起眉頭。

「什麼事這麼好笑？」

多多良上氣不接下氣地說著——

「……妳這傢伙……真的是、一點也、沒變……總以為任何事都如妳所願……我說過了，我才不會讓妳得逞！妳以為我會毫無對策，傻傻硬接妳的攻擊嗎？想得美啊，蠢貨——!!」

她吐出一連串辱罵——發動了那一招。

「〈因果報應(Damage Reflect)〉——————!!」

「嗄——？」

轉瞬之間，玻璃碎裂般的聲響響徹整座玫瑰園——

艾茵如同被砸破的水球，全身鮮血噴灑而出。

「咿、嗄———啊啊啊啊啊啊啊啊啊啊啊啊啊啊啊啊啊啊!?!?」

◆◇◆◇◆

『這、這、這是怎麼回事啊啊啊啊啊!?!?〈不轉〉多多良一發動某種伐刀絕技，艾茵全身忽然噴出血了!?不、不對！不只噴血欸!?這是——』

主播藉由無人機觀看中庭的戰鬥，此時忽然驚覺。

艾茵負傷的同時，還發生另外一個異狀。

那就是——

『她、她的傷好了！多多良原本全身傷得跟條破抹布似的，現在全治好了——!?這、這到底是——啊、對了！這是『反射』傷勢！將受了傷的結果，**直接『反射』到傷害自己的對手身上啊———**！』

「沒錯，這主播腦袋挺機靈的嘛。嘻嘻嘻。」

這傢伙在A級聯盟幹過主持人，還真不是幹假的。多多良暗自佩服主播的觀察力。

方才在戰場發生的神祕狀況，個中奧祕全都如他所說。

「反、反射、傷勢……!?」

「沒錯，我將身上承受的所有傷害——受了傷的『因果』反彈給對手。這就是我的殺手鐧——〈因果報應〉。」

說得簡單點，就是**慢效版**的〈完全反射〉。

當初襲擊破軍學園時，多多良正是以這一招伐刀絕技秒殺〈腥紅淑女〉(Scharlach Frau)。〈腥紅淑女〉貴德原彼方的能力十分恐怖。她能在空氣中散布細如粉塵的刀刃，藉由呼吸進入對手體內，同時從內側與外側撕裂對手。

在一般比賽上可說是十分難纏。

然而這股能力在多多良的〈因果報應〉面前，形同無物。

多多良將全身刀傷，連同身負刀傷的因果一起反彈到彼方身上。

反射因果比純粹的物理現象高了一個層次。

無論敵人的防禦技巧再精湛、迴避再高超，都無力抵擋或閃避。

而這項伐刀絕技還有另外一個恐怖之處。

她確實造成敵人嚴重傷害，同時還能完全治癒自己的傷勢。

而且是**身上不帶一絲擦傷**。

所謂「攻防合一」，莫過於此。

「對上那隻母猩猩的時候，她一擊就轟飛我的意識，根本來不及反射——對上妳這虐待狂就好懂多了。我早就知道妳不會爽快幹掉我，而是留住我的意識，折磨到最後一刻……所以我才故意忍到極限，只為了多累積一點傷害，一擊定勝負。對我來說，這種結果理所當然。」

多多良說著，再次舉起電鋸靈裝。

刀尖指向艾茵。多多良抱著必死決心忍下那些痛楚，現在讓艾茵痛得在地上打滾。

外側與內側，雙重傷害。

再加上四肢被撕扯，扭到幾乎斷裂。

多多良方才親身體驗那股疼痛，她非常明白。

對方想再逆轉局勢——可能性趨近於零。因此——

「我沒興趣折磨目標。混帳老姊，就讓我一刀了結妳！」

『戰局大逆轉！多多良一口氣逼近艾茵！好啊！就這樣幹掉——』

「少給我得意忘形了，這個臭小鬼啊啊啊啊啊啊啊啊啊!!」

『「——!?!?」』

多多良瞧見艾茵蘊藏熾烈殺氣的眼神與聲音，忽然間停下了腳步。

不，**她是嚇得愣住了**。

一切就發生在那一剎那。

「來，〈阿斯塔蘿黛(Astarotte)〉！一起創造地獄吧!!」

艾茵高聲呼喚深埋於子宮的靈裝之名。

緊接著，〈因果報應〉留在艾茵全身上下的刺傷噴出血，並長出某樣物體。

那是樹幹，樹幹正如蛇身一般扭動。
艾茵體內長出的樹幹瞬間擠破身體，比身軀延伸出幾千倍的體積，顯現於這個世界──
「啊哈哈哈！啊哈哈哈哈、哈哈哈哈!!」
艾茵的狂笑響徹天際，樹根綿延大地，枝幹逐漸茁壯，高聳入天。
無盡、無休。
最後樹幹大約長到五十公尺高，十分接近奎多蘭王城頂端，接著往四面八方開枝散葉，整座中庭籠罩在魔樹的陰霾之下。
「這、這玩意是……」
『Ａｍａ──ｚｉｎｇ!!嚇死人啦！一棵超大的樹突然刺破艾茵的身體長了出來！樹幹色如腐肉！樹液黑如陰影！這不祥的模樣，根本像是長在魔界的大樹！』
「深有同感呢。人家生命的象徵居然長成這樣，真是太沒天理了。」
「！」
多多良聽見艾茵響亮的嗓音，這才發現。
穿破艾茵身軀，忽然顯現在中庭的那棵大樹。
樹幹中段有一個隆起，外型看似艾茵的上半身。
沒錯，這棵大樹正是艾茵本身。
「……混帳老姊，我可不知道妳還藏了這一招啊。」

「呵呵，以所有魔力餵養靈裝〈阿斯塔蘿黛〉之後，這棵〈幽獄世界樹（Yggdrasil Abyss）〉才會正式萌芽、茁壯。如妳所見，這副模樣實在稱不上美麗，我其實不太想動用這一招呢。不過妳比想像中還難纏，無可奈何。菲亞，我就拿出全力一戰，然後讓妳好好體會一下。妳這種凡人不過是天才掌中的玩具——！」

「——！」

下一秒，多多良聽見「撲通」一聲，脈動般的巨響震盪空氣。

同一時間，〈幽獄世界樹〉的樹根滲出了什麼，染上整片大地。

那是充斥惡意的魔力。

〈幽獄世界樹〉的樹根釋放魔力，轉瞬之間染遍土地，**開始摧毀世界**。

玫瑰園裡的玫瑰率先出現明顯變化。

一叢叢玫瑰以驚人的速度成長、不，是開始變得巨大。

不僅如此。

荊棘生長得龐大無比，開始分出無數藤蔓，各處長出球根般的物體。

球根如同心跳一般規律伸縮、膨脹，開始轉變外型，最後從荊棘藤掉下——**以自己的四肢抓地**。

荊棘構成了獅子、狼、鱷魚、大蛇的外型——

『What the hell!?我在做惡夢嗎!?玫瑰園的玫瑰忽然變得跟叢林一樣龐大，裡頭又突然長出一大堆怪物！至少有一百、不、兩百隻!?Fuck！

這些怪物多到不行，還慢慢朝多多良湧去！

「這是〈魔法花〉……妳把這附近的普通植物全變成〈魔法花〉了？」

「是呀，以魔力汙染土壤，就能隨心所欲改造周遭的植物。這就是〈幽獄世界樹〉的力量！是名副其實，足以改寫世界的能力呢！」

艾茵說完，〈幽獄世界樹〉創造出來的玫瑰野獸同時撲向多多良。

獅子揮爪。

狼露利牙。

鱷魚張開雙顎。

巨蛇以長滿尖刺的身體纏上。

多多良身手俐落，躲過一連串攻擊。

〈因果報應〉將所有傷害彈了回去。

多多良的動作靈活又敏捷。

然而——對手的數量實在超乎想像。

多多良寡不敵眾，行動範圍漸漸狹窄。

她放棄閃躲，開始以電鋸砍殺逼近的玫瑰野獸。

這麼做卻是一步死棋。

玫瑰野獸被砍成兩半之後，分別從斷面**長出**新的另一半身體，不斷增加數量。

再過不了多久，玫瑰野獸的數量就能淹沒多多良。

多多良暗自思考該如何應對。

但是玫瑰野獸可不會讓她有時間深思熟慮。

攻擊一波接一波襲來，一隻獅子的利牙眼看就要逼近多多良的頸子——

多多良施展最後的防禦手段。

然而——

『嘎吼喔喔喔————!!』

「!?」

多多良頓時語塞。

獅子伸出的利爪，以及即將咬斷細頸的獠牙。

多多良看準時機施展〈完全反射〉，獅子卻無動於衷。

牠的牙爪朝著多多良正面的透明牆壁又抓又刮，一點一滴壓向多多良。

牠不顧自己的牙斷了、前腳斷裂，憑蠻力不停接近。

（這傢伙居然想把〈完全反射〉的力道推回來……！）

多多良遲遲彈不開獅子，其他玫瑰野獸也紛紛靠了過來，朝她張牙舞爪。

眼前的處境非常不妙。

多多良見狀——當機立斷。

「呃、喝!?」

下一秒，多多良的身體使勁彈向後方，摔倒在地。

『喔喔！好招！多多良對自己施展〈完全反射〉，以靈裝接下自己撐在原地的力道與怪物伸爪進攻的力量，反將自己彈出怪物的包圍網！』

而她將兩種方向相反的力道轉向自身，當然也失去屏障，這股力道毫無保留衝擊自己的身體。

多多良早就做好心理準備，雖說痛楚十分劇烈，倒還忍得住。

她臉上不顯一絲痛苦，護住要害，隨即站起身。

（好，接著先離開〈幽獄世界樹〉的攻擊範圍……！）

「妳想先逃到外頭去，是嗎？」

「！」

「啊哈哈！這有什麼好驚訝？凡人如妳，這點小聰明我早就瞭若指掌！」

「唔！」

多多良正要衝出中庭，頭上立刻傳來艾茵的譏笑。

同一時間，多多良前進的方向忽然發生異狀。

玫瑰園裡那些巨大玫瑰以迅雷不及掩耳的速度伸出藤蔓，組成荊棘籬笆堵住多多良前方的道路。

她的攻擊不僅如此。

荊棘籬笆上的尖刺長出了**花苞**。

花苞彷彿快轉似地張開，綻放出繽紛多彩的鬱金香。

這是——

「〈多嘴鬱金香〉——！」

多多良才剛弄清狀況，眾多鬱金香同時發出淒厲刺耳的合唱，**攻擊**隨之襲來。

槍口閃焰占據整面視野，鬱金香宛如海嘯一般，一起射擊。

如此密集的彈幕不可能一一閃避。

但是多多良的動態視力經過嚴苛鍛鍊，甚至能分辨出每一滴雨珠，眼前的子彈數量她還應付得來。

（冷靜點！只要仔細觀察每一發子彈，看準時機的話——）

自己就有辦法應對。

〈多嘴鬱金香〉即將命中自己的子彈——也就是種子——多達五十五顆。多多良在內心激勵自己，成功配合種子命中的時機施展〈完全反射〉，然而——

「咿、啊!?」

下一秒，多多良全身噴出血霧。

子彈貫穿全身，多多良當場跪地。

她的敵人絕不會放過這絕佳的破綻。

多多良身後的地面忽地爆炸。

多多良猛然轉頭一看，〈幽獄世界樹〉的粗大樹根迎面而來。

三公尺粗的樹根炸飛土壤，外表彷彿一條大蛇。

樹根在空中扭了扭，一鞭揮向多多良。

多多良跪倒在地，無法靠反射動作閃過這一鞭。

她只能採取一個行動。

多多良下意識啟動反射——

「〈完全反——〉唔！」

她的反抗毫無意義。

〈幽獄世界樹〉的樹根連同〈完全反射〉的力道，一把打飛多多良。

她其實來得及發動能力。

發動時機也沒有任何問題。

艾茵的攻擊和史黛菈那時一樣。

只憑藉純粹的力量擊碎多多良的抵抗。

（她根本、不放在眼裡……）

沒錯，無論是那群玫瑰野獸、〈多嘴鬱金香〉的射擊，還是剛才的一鞭。

多多良的實力根本無法彈開〈幽獄世界樹〉任何一項攻擊。

原因在於，雙方之間的力量之差就是如此懸殊。

「呃咳、咳呵！嘔、唔……！」

「哈哈！啊哈！呀哈哈哈哈！虧妳方才那樣說大話，真難看呢，菲亞！懂了嗎？妳就應該像條破布在地上打滾！若不是我大發慈悲教導妳戰鬥，妳恐怕活不到出師，只是〈闇獄之家〉的吊車尾呀!!」

方才落在身上的打擊使得多多良全身抽搐，艾茵的嘲笑緊接而來。

〈幽獄世界樹〉產出的怪物一擁而上，準備撕咬無法動彈的獵物。

現在已是生死關頭。

多多良在這最後一刻──

「……………大發慈悲、教導我嗎……」

她逐漸朦朧的意識回到了過去。

艾茵的那句話令她想起自己的過往。許久以前，她在〈闇獄之家〉度過的那些往日情景。

◆◇◆◇◆

這個暗殺組織比現在的世界級犯罪組織〈解放軍〉更早出現，而且延續至今。

傳說那些成為歷史轉折點的刺殺事件，幾乎都有這個暗殺組織插手。他們的影響如此深遠，組織據點、成員卻極其神祕。這支武裝勢力就存在於地下世界最深處，形同深淵的場所。

那就是多多良從小成長的家──〈闇獄之家〉。

〈闇獄之家〉飼養著一群遭到外在世界**排斥**的年幼女孩，準備將她們培養成組織專屬的殺手。

她們這些〈姊妹（Sisters）〉沒有名字。

所有人都以編號為稱呼。

多多良是〈闇獄之家〉家主的親生女兒，卻沒有特別待遇。

因為這些女孩必須按照任務需求，隨時化身成任何國家的任何一個人。

〈闇獄之家〉的女孩不需要自我意識，不需要「個體身分」。

因此大人不允許〈姊妹〉成長為一個「個體」。

殺手教育不限於精神層面，肉體方面也做得十分徹底。

這裡特別提一下她們的食物。

〈姊妹〉的食物並非一般的餐點，餐餐都是營養劑，在肉體培養上絕不允許一絲浪費與多餘。她們每天會進行抽血、尿液檢測，每週進行全面健康檢查，嚴格管理每一名〈姊妹〉的成長需求，並提供個體所需的營養素。

〈姊妹〉經過徹頭徹尾的「品管」，培養出殺手所需的完美身心。等到她們成長到一定階段後，就開始接受暗殺技巧訓練。

這項訓練可說是極其殘酷。

她們連進行最基礎的戰鬥訓練都不能使用〈幻想型態〉，必須時時刻刻手握真刀、真槍，和其他〈姊妹〉或大人互相廝殺。訓練時受重傷已是家常便飯。

假如她們在訓練中取得優秀成績，還能馬上接受〈再生囊（Capsule）〉治療。但大部分

〈姊妹〉可沒有這種待遇。

她們頂多能接受最基本的治療，消毒、止血、縫合傷口避免死亡，之後就放置不管，直到下一次訓練為止。

教官甚至連止痛劑都不給。

簡直像是告訴她們：「不想受傷忍痛？那就給我變強。」

〈姊妹〉只要被刺傷、被砍傷，只能被迫承受劇痛灼燒。

室內、走廊，任何地方都看得到那些〈姊妹〉蜷縮身體、苦苦哀號。

戰鬥訓練結束後的〈闇獄之家〉，就如同存在於現世的地獄。

——這就是多多良還被稱為〈四號(Vier)〉時，所生存的世界。

而這些景象正是她每一天的寫照。

菲亞從小體格不算強壯，運動神經也稱不上好，每天都傷痕累累。

……那一天，也是一樣。

『咕、嗚、唔嗚嗚～～～～……………!』

那時是閃躲子彈的訓練。

菲亞沒辦法順利閃過子彈，腹部受了兩處槍傷，她只能縮著身體，躲在灑滿夕陽的中庭角落。槍傷早已開刀取出子彈，開刀的劇痛卻痛得她直發抖。

她承受著難耐的痛苦，回想外頭的景象。有一次上頭帶著她去外頭的世界修行。
她見到同齡兒童的表情。
他們瞇起雙眼，嘴巴張大，揚起臉頰。
教官告訴她——那就是笑容。
聽說人覺得幸福，就會變成那副模樣。
但是自己根本沒有笑過。
她曾經受過偽裝笑容的訓練，卻從未發自內心地大笑。
因為她不曾感受到幸福。
這種鬼地方不存在幸福。
這裡只有疼痛，以及恐懼。
自己為什麼沒有在外頭出生？
自己為什麼會誕生在這種地方？
菲亞埋怨自己的處境，使自己顯得更加悲慘，緊閉的眼瞼淌下淚水。
就在此時——

『愛哭鬼菲亞，妳又在哭了？』

『……！』

某處傳來無奈的語氣。菲亞睜開雙眼。

一名稍稍年長的少女背對緋紅天空，出現在她淚水模糊的視野之中。她是〈姊妹〉之一，被稱為〈一號〉。

『真丟臉。妳既然這麼怕痛，好好躲開不就好了？』

『……吵死了。老姊才不會懂我的感受……』

菲亞怒罵道。艾茵雙手抱胸，同意地點了點頭。

『哼嗯，我確實不太懂凡人的煩惱。妳看看，我就是個天才，所有訓練、所有級別都得了第一，上層已經派遣「工作」給我了～〈遴選〉大概也能輕鬆過關嘛～』

『…………』

艾茵的反應實在令人火大。

不過她倒也沒吹牛。

艾茵的表現正如自己所說，她在所有領域、所有級別的訓練始終占據第一名的位置，是真正的天才。而每一次〈闇獄之家〉地獄般的戰鬥訓練結束後，菲亞從來沒看過艾茵受傷。

她和自己彷彿身處於兩個世界。

即將到來的〈遴選〉——也就是〈闇獄之家〉殺手的最終測驗，〈姊妹〉必須在考試中彼此廝殺。想來艾茵肯定能存活到最後一刻。

她會殺死菲亞等人，通過考試。

菲亞一想到未來的景象，連看著艾茵都覺得難過。

她轉開了視線。

——不、正確來說是「想」轉開視線。不過——

『開玩笑的。』

菲亞沒真的轉頭。

艾茵忽然伸出雙手，捧住菲亞的雙頰。

菲亞還來不及出聲抗議，艾茵主動吻上她的雙唇。

『唔～～～～!?』

艾茵莫名其妙的舉動嚇得菲亞瞪大雙眼。

不過她好歹是殺手實習生。

菲亞馬上推開艾茵——

『混、混蛋，妳搞什麼鬼——！』

艾茵揚起脣角，調侃似地呵呵笑道：

『初吻的滋味如何？甜滋滋的對吧？』

『嗄啊!?妳在說什麼——……!?』

下一秒，菲亞的怒吼吞回喉嚨。

她的口中感受到前所未有的衝擊。

方才，某樣物體沿著交疊的雙脣流入菲亞口中。

這股甘甜，比她唯一嘗過的蛋白質甜味還要甜上幾十倍。

濃醇的香氣緩緩湧入鼻腔。

這究竟是──

『哎呀，菲亞笑起來還挺可愛的呢。』

『……欸？』

艾茵這麼一說，菲亞伸手摸了摸臉，這才發覺──

自己不知不覺間揚起了脣角。

這是她有生以來第一次感受到的「幸福」。

所以，她想知道，這股幸福的真面目。

『喂、喂喂，這是什麼啊！我沒吃過這種東西！』

菲亞逼問道。艾茵從口袋取出皺巴巴的包裝紙，告訴她：

『這是巧克力。』

『這個就是巧克力……？』

『是呀。我們成功做好工作、訓練拿了第一名，就可以得到巧克力。不過菲亞這個萬年吊車尾根本不知道吧。』

『訓練……拿到第一名……』

菲亞在課堂上聽過「巧克力」。

據說是一種全世界隨處可見的甜點。

沒想到這種甜點會出現在這個地獄裡——

『如何？有沒有稍微對自己的處境抱持一點期待？』

『！』

『嗯哼，這有什麼好驚訝？觀察他人可是殺手的基本功，再說我又是個天才，當然懂菲亞的心思囉。妳一定是在抱怨自己的處境，哀怨自己為什麼會生在這種家庭裡，對不對？』

『唔……』

全被她看透了。

菲亞耐不住尷尬，狼狽地轉過頭去。

艾茵卻對她說：

『菲亞，妳的煩惱真奢侈呢。』

『……咦？』

『這裡的環境的確很糟糕，我們的處境也絕對稱不上好……可是我們還活著。我是一名殺手，說這種話或許會很奇怪，可是留得青山在，不怕沒柴燒。妳要是死了，可沒辦法像剛才一樣笑得那麼可愛。妳得自己找到自己的生存意義。只靠別人施捨苟活在世界上，根本抓不住真正的幸福與成就。』

這一點放在任何處境的人身上都一樣。艾茵緩緩說著：

『……總之，妳好像挺中意巧克力的滋味，那就把訓練的第一名當成目標，再稍微努力一下嘛。』

『誰、誰說我喜歡那玩意！』

『巧克力很好吃喔。只要把這種大小的甜巧克力放在舌頭上滾啊滾，嘴巴裡就會充滿比剛才更濃厚的香氣和甜味，而且是甜上好幾倍呢。』

『唔咕……』

『嗯哼，菲亞真好懂呢。』

『閉、閉嘴啦！老姊自己還不是想要這種東西才那麼努力……！』

菲亞不甘心自己被取笑，憤而反駁。艾茵愣了愣，否認道：

『嗯？才不是呢，我又不喜歡甜食。我還有別的生存意義呢。』

『是嗎？』

菲亞聽了艾茵的回答，直率地表示驚訝。

她沒想過〈闇獄之家〉還存在其他超越巧克力的「幸福」。

那究竟是什麼？

菲亞在意地問。艾茵拿起腳邊的灑水壺。

接著，她一邊為中庭的花壇澆水，一邊答道：

『我的生存意義就是像這樣，每天照顧這些花壇的花兒。不知道妳記不記得，這個中庭在三年前可是什麼植物都沒有。是我種下了這些花。我是為了照顧這些花草，才活過一天又一天。看到自己努力培育的花兒開得嬌豔、美麗，我就會覺得非常幸福呢。』

『……真有這麼好？』

『菲亞真沒女人味。妳這副德行，等到要施展美人計的時候會吃大虧呢。』

說實話，菲亞不太懂艾茵。

她至今從未覺得花朵美麗。

但是艾茵照顧花草時，她的側臉是那樣幸福——

好羨慕她。菲亞打從心底這麼認為。

……或許是從這一天開始。

菲亞不再受他人施捨，開始努力為自己而活。

她想以自己體會過的唯一一樣「幸福」為目標，努力取得獎賞用的巧克力。

自己必須在每一天的訓練中拔得頭籌。

當時的她還沒有足夠的實力達成目標。

不過她並未放棄。

以前的她每一天只能哀嘆自己的處境，她已經厭倦那樣的日子。

所以她以艾茵為榜樣，想獲得力量逃離那些悲慘的時光。

艾茵是〈姊妹〉的榜首。

不會有人比她更適合做為仿效對象。

菲亞開始觀察艾茵，從日常生活到訓練，仔細分析艾茵的一舉一動。
有時運氣好，她和艾茵正好分到同一組，她也會忍著羞恥詢問。
艾茵雖然語帶調侃，卻也毫不吝嗇地回答菲亞。
於是菲亞靠著艾茵的幫助，她的實力在之後三年內飛快成長。
她也越來越常在訓練中取得榜首。
不過——菲亞依舊敵不過艾茵。
菲亞並不覺得不甘心，這一定是因為……她其實很尊敬艾茵。
這位姊姊明明對自己傾囊相授，卻仍然位於自己無法所及的高處。

也正因為如此——
正因為菲亞尊敬、追逐艾茵的身影——

——只有她，察覺了艾茵的異狀。

一開始是在不使用能力的小刀戰鬥訓練。
和艾茵對打的〈姊妹〉身上出現了幾處細微傷痕，這讓菲亞有些不解。
艾茵總是善用自身的高超才能，在各式各樣的場合選擇最佳的選項。
她的行動沒有任何多餘與滯礙。

即便是對自己——或是對手。

比較一下艾茵與當天那名〈姊妹〉的實力差距，艾茵應該能直接擊倒對方，同時讓對方全身而退。事實上，艾茵至今就是採取這種做法。任何〈姊妹〉在〈闇獄之家〉的訓練中和艾茵對上總是必輸無疑，不過艾茵卻能不留一絲傷痕，溫柔地擊敗對手。

可是那一天的她卻不一樣。

受了傷的〈姊妹〉還天真地欣喜，以為自己的實力總算更接近艾茵一點。艾茵也不否認——菲亞覺得那一幕實在詭異。

而這份詭異隨著時間逐漸加劇。

從那天起，每一天都發生相同的狀況。

艾茵的舉止原本如同寂靜柔順的夜曲，但是曲子之中開始混入刮搔玻璃般的刺耳雜音，而且雜音漸漸放大，不斷刺痛菲亞的耳膜。

於是，兩人有一次一起接下任務，前往某個紛爭地區殲滅反政府軍據點。就在這個時候——

『……老姊、妳在搞什……那傢伙該不會、還活著……？』

『嗯哼。我說菲亞，妳不覺得吸取生命後盛開的花兒很美嗎？』

艾茵將暗殺目標活生生做成「花盆」，憐愛地撫弄從眼孔中綻放的玫瑰。菲亞望著渾身染血的艾茵，心中的異樣感終於凝固成型。

在。

——艾茵瘋了。

她居然玩弄目標的性命。

這個舉動對殺手根本毫無意義。

那只是純粹的快樂殺人。

自己至今仿效的姊姊才不會做這種莫名其妙的行動。

艾茵的心靈究竟變成什麼模樣了？

……在這種鬼地方成長，〈姊妹〉之中有人精神崩潰並非稀奇事。

有些人在執行任務時，不得不動用「最終手段」，最後導致精神異常也是大有人在。

然而這個姊姊有可能發生這種事？

菲亞在意得不得了。

——她很擔心艾茵。

所以這一天，菲亞來到中庭。艾茵一如往常地在中庭照料花草。

『哎呀，菲亞，聽說妳在妳們那一組裡拿了第一名，很不錯呦。』

『……只是其他傢伙太廢了。』

夕色染紅了中庭，就如同那一天的情景。

她與艾茵面對面，隨口打過招呼後，主動切入正題：

『我說老姊，妳最近到底怎麼搞的？』

『怎麼這麼說？』

『少裝傻……妳總是完美達成每一樣工作，不論是臥底、戰鬥、暗殺，所有行動沒有一絲多餘，全都以最有效率的方式進行。我知道這麼說妳一定會一臉得意，所以平常不想說出口。可是……妳最近像是變了個人……居然虐待活著的目標，根本在浪費時間。』

那種做法完全不像平時的艾茵。艾茵聽完，淡淡低喃：『原來……』

『嗯哼，菲亞發現了呀。看來妳的確一直在觀察我，看得很仔細呢。』

她承認菲亞的說法，似乎早已察覺自己的變化。

……換句話說，艾茵和至今眾多〈姊妹〉不同，並非單純的「精神異常」。

既然如此，她這麼做的理由又是什麼？

她在私生活方面有任何不滿？

艾茵聽完菲亞的疑問，搖了搖頭——接著這麼說道：

『菲亞，妳知道殺手最不需要什麼東西嗎？』

『……？』

『是良心。我們至今殺害他人維生，今後也會如此。對我們來說，憐憫逝者的心靈只是沉重無比的包袱。同理心會不斷刺痛我的心神，那不如爽快地拋掉……所以我打算殺死「我自己」。』

『……嗄？』

『現在我的心裡正形成一個新的人格。「她」不會體諒他人，愛好殺戮，在這種地獄生存對「她」來說簡直如魚得水。這個新的「我」將會取代現在的我。』

『——！』

殺死自己。

菲亞一開始還聽不懂這句話，後續的解釋讓她恍然大悟。

『妳、妳在搞什麼鬼東西！犯蠢了嗎？還不快住手！』

喉頭湧出的責罵，聽起來如同慘叫。

眼前的艾茵將會變成另一個不同的人。

這股恐懼揪緊了菲亞的心頭。

然而相較於菲亞的慌張，艾茵仍舊一臉若無其事——

『辦不到，我可是天才呢。菲亞也說了，我在工作上不會有一絲多餘。我至今都仰賴才能，選擇最適當的方法生存在這座地獄裡。一切只為了不讓自己受傷。當外在行動已經完美無瑕，接下來自然會開始修正心靈。說得簡單點……我遲早會變成現在這個樣子。』

她說著，輕撫至今細心培養的花兒。

『……枯萎了呢。之前明明開得那麼美。』

她的語氣滿載著遺憾。

菲亞望著艾茵的舉動、感傷的側臉——她懂了。

艾茵早已接納自己心中的變化。

但是——

『老、老姊真的無所謂嗎!?居然要讓那種瘋子人格取代自己……!妳真的覺得現在的自己不要也罷!?』

菲亞怎麼也無法接受。

自己始終追逐著艾茵的背影。

假如艾茵就這麼消失，還有誰能成為自己的榜樣？

此時——

『話說回來，菲亞，自從我跟妳接吻之後，我們就沒有在這座中庭裡聊過天呢。妳在那之後找到自己的生存意義了嗎？』

艾茵突然改變話題。

『老姊！剛才是我在問問題——』

『拜託妳，回答我。』

『——！』

艾茵強硬地打斷菲亞，她剛到口的反駁只能吞了回去。

現在明明在談艾茵的事，為什麼轉到自己身上？

菲亞不滿被艾茵搶去話題主導權，但艾茵的眼神容不得她拒絕，只能心不甘情不願回答：

『……這也算不上什麼生存意義。』

自己可沒這麼積極向前，不過──

『我倒是有了決心，不想敗給這無可救藥的處境。

我已經殺了人，見證過那些人的死亡。

我不想讓自己經歷的一切……**全都變成沒發生過**。

所以我不會天真到想金盆洗手。

這只是「逃避（專家）」，糟糕透頂，絕對不能這麼幹。

我要以殺手的身分活下去，然後像條野狗橫死在路邊。

假如我能貫徹自己的處境……我搞不好還能稍微自豪一下，總算度過了這麼個狗屎般的人生。』

菲亞答道，忽然心裡一陣難為情。自己到底在說什麼？

……不能讓老姊順水推舟。

現在必須讓艾茵放棄消除自己的人格。

菲亞重新打定主意，再次瞪向艾茵，然而──

『是嗎……很棒呢♪』

她見到艾茵的神情，頓時啞口無言。

艾茵露出菲亞從未見過的欣喜神色，彷彿獲得了救贖……

『那妳可不能死在下週的「遴選」裡。妳要成為一個專業人士活下去，活過每一個瞬間……不然這臉就丟大了。所以……菲亞，妳不可以輸。即便對上已經徹底改變的我，妳也絕對不能輸──』

「……廢話，用不著妳說。」

◆◇◆◇◆

遙遠過往的回憶。

多多良對著已經逝去的景仰對象低喃，揚起苦笑。

當時要是能這麼回答她就好了。

心頭充斥無法挽回的後悔。

但是，在那之後過了五年，她的決心終於對得起當時向艾茵說過的志向。

『唔喔！〈不轉〉多多良幽衣撐著靈裝，搖搖晃晃地站起來了！她似乎硬吃了超重的一擊，這下子還能打嗎!?』

樹根造成的傷害還在體內迴盪著。

多多良的身體重如鉛塊，單耳耳膜破裂，外頭的聲音變得有點遠。

但是〈完全反射〉扼殺了某部分的傷害。

……身體還能動。

自己還活著。

那麼，她必須貫徹「專家」的職責，直到生命的最後一刻。

那是她自己決定的道路。

……自己這次難得打扮了一番。

就讓艾茵見識一下。

她那一天以清甜淨水灌溉的種子，究竟開出什麼樣的嬌豔花朵……！

「我要上了，老姊。」

「哎呀？不在稱呼前面加個『混帳』了？看來終於妳明白自己的斤兩了呢。」

多多良猛拉〈掠地蜈蚣〉的拉繩，舉起高聲怒吼的迴轉刀刃──

「不干妳的事，混帳。」

她邁步上前。

『受傷的多多良衝了上去！她面對化為巨大黑樹的艾茵，毫不猶豫展開衝鋒！她像是要在這一回合決出勝負，充滿決心全力衝刺！可是──』

「妳以為靠氣勢就能彌補我倆的差距嗎!?」

大樹放聲譏笑，薔薇野獸同時繞到多多良眼前。

眾多野獸一起撲上去阻擋她。

壓倒性的多數暴力，宛如殘忍吞噬一切的海嘯。

多多良面對這令人卻步的障礙——

『聽好了，菲亞。妳的浪費總共分為三個部分。』

她……緩緩勾起脣角。

『首先是浪費「體力」。浪費體力不只是耗費多餘的體力，也包括留下過多的體力。妳必須分析自己接下來的任務行程，從執行任務時的行動到達成目標為止，計算需要所需體力，以最佳體能完美達成任務，不留一絲餘力。』

（——我知道啦。）

多多良目測，自己與〈幽獄世界樹〉之間的直線距離為五十公尺。

那麼自己只要將全力耗費在這五十公尺短跑上……！

她有一個方法。

那是唯一的殺手鐧。

多多良以舌頭**從臼齒後方**擠出那個方法。

「——！」

下一秒，即將吞噬多多良的荊棘海嘯忽然應聲炸開！

所有荊棘碎成一段又一段的樹根。

「什麼……！」

「唔喔喔喔喔喔喔喔喔喔喔喔——————！」

是什麼讓薔薇野獸碎屍萬段？

不是別的，正是多多良手中的〈掠地蜈蚣〉。多多良發出淒厲的高吼。

她穿梭在薔薇野獸的利爪、尖牙之間，一刀刀撕裂所有攻擊，疾速奔走。

她一步也不停。

多多良從野獸群中開闢一條道路，直線奔向艾茵。

——她現在的動作完全不同於原本的實力。

無論體能、分析能力、判斷力，多多良表現出來的一切全都超越自己的能力極限。

因此，**出身同門的艾茵立刻明白多多良做了什麼**。

「妳動用了〈天使碎塵(Angel dust)〉……！」

〈天使碎塵〉。

這是每個〈闇獄之家〉的殺手都會拿到的殺手鐧。

這張單向車票使用之後就無法回頭。

〈天使碎塵〉——這是世界上最為凶殘的「興奮劑」。這種藥品能使專注力瞬間飆至極限，激發使用者擁有的所有潛力，相對的會嚴重傷害大腦與肉體。

聯盟控管下的戰爭裡當然不能使用這種藥物，一定會被判定違規，然而——

（我跟妳原本就不是活在光明之下！犯規？妳肯定喊不出這種小家子氣的屁話！）

「蠢女孩……！」

多多良燃燒生命，終於突破眾多野獸組成的包圍網。艾茵憤恨地怒罵，再次進攻。

艾茵從〈幽獄世界樹〉汙染過的土壤底下喚出上百朵〈多嘴鬱金香〉，在自身周遭布下重重彈幕。這陣攻擊只用來殺死一個人，未免太過猛烈。

花朵接連發出淒厲刺耳的尖叫，吐出無數子彈。

多多良面對眼前的槍林彈雨——

『第一點是浪費「時間」。壓縮戰鬥時間能夠間接提高體能。不能漫無目的地行動，這麼做的每一分一秒都是浪費。妳必須時時刻刻分析構成戰場的所有要素，盡妳所能思考，不斷摸索，要以最高的效率完成每一瞬間的行動。』

「〈完全反射〉……！」

「菲亞，別再做無謂的掙扎！妳剛才還學不會教訓嗎！我發動〈幽獄世界樹〉之後，妳的反射根本如同薄紙一般——！？」

下一秒，艾茵的嘲諷戛然而止。

眼前的景象令她難以置信。

她見到的是——

『哇嗚!?這是怎麼回事！〈惡之華〉艾茵的子彈一發都沒中——不、豈止沒命中，子彈根本沒瞄準目標吧!?子彈一發又一發擦過多多良身旁，彈道完全對不準！多多良奔馳在四散的沙塵中，毫無忌憚地逼近艾茵！』

「這、這是……到底為什麼!?」

艾茵當然不是故意放水。

眼前的景象出自多多良的能力。

（賭對了……！）

子彈豪雨傾瀉而下，多多良開闢出一人可過的通道，不斷向前奔馳。她確信自己已經選擇此時此刻最好的選項。

包括〈多嘴鬱金香〉在內，艾茵生出的每一朵〈魔法花〉都是獨立個體。

牠們擁有自身獨特的生態。

艾茵無法自由自在操縱這些植物。

既然如此，〈多嘴鬱金香〉是如何找出攻擊目標？

花朵身上可沒有長眼睛。

答案就在——射擊之前那段如同尖叫的高音。

多多良經歷殺手的特殊訓練，聽覺極為靈敏，因此她聽得出來。

那是高頻率。

〈多嘴鬱金香〉在射擊之前發出彷彿尖叫的高音聲波，以「回聲定位(Echolocation)」得知目標位置。

既然如此，多多良只需要隨便反射撞上自身的「音波」，〈多嘴鬱金香〉就抓不到她的所在地。

多多良的預料準確命中紅心。

她朝著艾茵的性命踏出更大一步。

（還有十五公尺……！）

但是——

「妳簡直像是一隻在如來佛掌中嬉戲的猴子呢，菲亞。」

「——！」

「妳破解了〈魔法花〉又如何？別太得意！妳**以為自己現在待在誰的手掌心裡**？我使用〈幽獄世界樹〉之後，這一帶的土壤就如同我身體的一部分。妳根本無處可逃!!」

緊接著，多多良腳下、不，周遭的地面應聲炸開！

汙染的土壤掀了起來，尖端銳利的青竹紛紛從土裡冒出，組成槍陣。

〈戳刺青竹〉。

眾多竹槍遍布〈幽獄世界樹〉周遭三十公尺的地面，直衝天際生長而出。

槍陣極為密集，多多良毫無閃避空間。

〈戳刺青竹〉獲得〈幽獄世界樹〉的養分，力量比之前有過之而無不及。

就如同〈多嘴鬱金香〉與玫瑰野獸，多多良無法以反射彈開竹槍——一時之間血沫橫飛，某樣物體被竹林拋上天空。

那是多多良的左手，她的左手被扯了下來。

「這下——……!?」

勝負已定。

然而多多良下一秒就顛覆艾茵的自負。

多多良劈開竹林，通過了重重障礙直衝過來。

不過〈戳刺青竹〉扯下了她的一隻手，還削去了她的側腹、大腿、單邊耳跟頭髮，遍體鱗傷。

『第三點是浪費「餘力」。菲亞，妳保留太多餘力了。我們要追求的並非帥氣彈開對手的攻擊，也不是俐落地迴避攻勢，**而是以刀刃確實斬斷目標的性命**。既然如此，不需要勉強彈開攻擊，更不需要保留餘力。我們可以更驚險一點，只稍微改變攻擊角度，避免自己死在對方手上就可以了。』

多多良不可能完全彈開〈幽獄世界樹〉的攻擊。

因此她只稍微讓竹槍偏移軌道。

避免對方獵取自己的性命。

話雖如此，代價實在太大了。

她的雙腳只是勉強黏在身體上，神經已斷。

竹槍削斷右耳時似乎戳傷頭部，右眼已經看不見了。

她勉強保住性命。

身體卻宛若死人。

全身上下只剩下右手能動。

但是——

『肌肉、骨頭，對方要什麼就給他什麼。我們是殺手，不需要贏得光鮮亮麗——我們只要確實獲勝，只需要確保自己達成目標。』

「喔喔喔喔喔喔喔喔喔喔喔喔喔——!!」

雙方距離剩下區區十公尺，只有右手也足夠了。

多多良趴倒似地越過竹林。

她在身體倒下的一剎那，右手握緊靈裝敲向地面——彈開倒地時的衝擊，將力道化為前進的力量，翻滾似地跨越最後十公尺，電鋸刀刃刺進〈幽獄世界樹〉的根部。

「……終於、得手了。」

多多良達成了目的，大大地鬆了口氣。

「———然後呢？」

多多良拚上性命刺上這一刀。艾茵不禁失笑：

「得手了？是呢，妳的確是得手了。不過，就這樣？妳刺了一刀就結束了!?妳不惜被削斷頭髮、扯斷手臂，遍體鱗傷闖到我面前，結果只有這蟲子咬似的一刺，這樣妳就滿足了!?啊哈哈哈哈！菲亞，妳的成就感未免來得太悲慘了！」

「…………」

「不過這也沒辦法呢。妳就只是個『反射術士(Reflector)』，活用對手的力量才是妳的強項。〈幽獄世界樹〉的根部深植於大地，單憑妳一人之力，根本沒辦法砍倒這棵宏偉的大樹。我的體積已經變得如此龐大，恐怕連剛才的〈因果報應〉都傷不了我。不管妳想怎麼做、又做了什麼，妳還是沒有任何勝算。」

艾茵說得沒錯。

多多良的刀刃確實刺進了艾茵體內。

但也僅止於此。

〈完全反射〉、〈因果報應〉對〈幽獄世界樹〉毫無效果。

多多良手上的任何招數都傷不到艾茵一根寒毛。
因此艾茵並未在最後十公尺進行反擊。
多多良闖出竹林時，那副模樣實在悽慘無比。
艾茵一眼就明白了。多多良不可能再進行任何形式的大逆轉。
「……這最後的掙扎真是徒勞無功呢。」
艾茵說著，〈幽獄世界樹〉的樹幹伸出兩根粗大的樹枝。
樹枝一左一右生長、開枝散葉，外型彷彿在童話書裡登場的惡魔之手。
接著——
「妳動用了〈天使碎塵〉，就算幸運存活下來，也會變成一個糞尿失禁的廢人。我真不忍心見到妳變成那種模樣，乾脆一擊殺了妳。我就直接拍死妳，讓妳死得像螻蟻一樣吧！沒想到我們現在就得分開了，真捨不得妳呢，菲亞！」
艾茵語畢，惡魔之手同時揮下，打算就這樣敲爛多多良。
這場對決即將分出勝負。
不過——
「……我也一樣啊。」
『！』
死亡已經近在眼前。
多多良仍舊一臉心滿意足。

她真的只像蟲子一樣刺上一刺就滿足了？

——不可能。

艾茵立刻否定這個可能性。

眼前的吊車尾再不濟，終究是〈闇獄之家〉的殺手。

她還沒殺死目標，不可能滿足。

那她為什麼死到臨頭還能露出這種神情？

答案可想而知。

這隻小蟲確實擁有殺手鋼。

那是劇毒，是必定能撕裂艾茵性命的最終手段。

但那究竟是什麼？

無法理解的疑惑在剎那之間竄過艾茵的腦中。

那就彷彿是——

「老姊一定不在**那個身體裡**了，我再多說什麼也無法傳達給她，可是……最後就讓我說個一句。」

——死前的走馬燈。

「謝謝妳————永別了。」

「！」

糟了。

艾茵的才能使勁敲響警鐘，樹枝加速揮下。

然而，一切為時已晚。

多多良將〈掠地蜈蚣〉的拉繩拉到極限，硬生生扯斷——

「〈星之鎚〉（Astral force）！」

艾茵的疑惑、眼前的景色、耳邊的聲響、性命——

純白瞬時之間將一切一掃而空。

艾茵甚至來不及發出死前的慘叫。

◆◇◆◇◆

『————!?』

負責拍攝多多良、艾茵對決的無人機忽然連線中斷。

同一時間，一陣超越人類聽力極限的爆炸聲化為衝擊，狠狠撞上奎多蘭上空的播報直升機。

直升機劇烈搖晃。

主播勉強從晃動的直升機探出身子，查看下方究竟發生什麼事——

『我——的老天爺啊!?!?』

而他見到了那一幕。

奎多蘭首都路樹爾的中心。

多多良與艾茵兩人的對決戰場——王城已經灰飛煙滅，只留下一片巨大凹坑。

『這怎麼回事！根本像是被核彈炸過一樣！

城堡、〈幽獄世界樹〉，全都炸得一乾二淨！

艾茵剛才處於優勢，沒道理引發這種大爆炸……也就是說，是多多良幹的嗎!?

可是她是「反射術士」！她到底要怎麼引發這種大爆炸!?

混蛋！這麼說實在慚愧，但我真的搞不懂啊啊啊啊!?』

主播雖然腦子一團混亂，仍然精準推測出現況。的確是多多良一口氣炸飛整座路樹爾市中心。

……〈完全反射〉、〈因果報應〉全都拿自己沒轍。

〈完全反射〉頂多能稍微偏移〈幽獄世界樹〉的攻擊。

〈因果報應〉則是因為艾茵變身前後體積不同，再反射多少損傷，對艾茵來說最多只造成皮肉傷。

多多良的招數對自己完全不管用，所以成不了什麼威脅。

艾茵下了這樣的判斷。
然而——她錯了。
多多良的確是「反射術士」。
她必須利用對手的力量才能發揮實力。
當她沒有外力可用，會大幅度降低自身戰力。
然而——實際上還是存在的。
即便無法反射對手的攻擊，她仍然能利用其他力量。
這股力量對眾人來說理所當然，許多人幾乎不會意識到它。
但是這份力量依舊存在於現在的每一瞬間，而且支撐著這個世界，極為龐大。

那就是公轉運動——行星行走於宇宙的力量。

據說地球的公轉速度能達到時速十萬公里。
多多良無法完全反射公轉的力道，但假如她能稍微將這股力量偏向敵人？
力量的殘渣脫離原本的流向後，將會化為堅不可摧的重鎚擊殺敵人。
這就是多多良的伐刀絕技——
〈星之鎚〉。
這就是這股力量的真面目。這猛烈的攻擊足以炸毀王城，將〈幽獄世界樹〉連根拔起、碎屍萬段。

……但理所當然的，即使多多良身為施術者，在極近距離受到此等轟炸波及，不可能平安無事。

她之所以沒有一開始就動用〈星之鎚〉，當然是因為這招伐刀絕技等同自爆。

〈星之鎚〉的餘波將多多良拋飛到巨大凹坑的邊緣，她只能像條破布般摔落地面。

（……聲音……聽不到了啊……）

多多良仰望天空，只見播報直升機緩緩飛進視野。

主播探出身體，指著倒地的多多良，像是在喊些什麼，但她完全聽不見。

直升機的聲音應該非常吵雜，還有其他雜音，現在耳邊卻寧靜無聲。

〈星之鎚〉的餘波摧毀自己的聽覺。

（手臂……當然是慘兮兮。）

肩膀以下完全沒知覺。

也是，傻子才會以為這種狀況下能平安無事。

（……腳呢……哎呀呀……）

多多良的視線向下移，超乎想像的慘狀令她苦笑連連。

（……我這下、死定了吧……是說剛才居然沒跟著掛掉，根本是老天顯靈。）

多多良沒休克而死，應該是多虧了〈天使碎塵〉。

這種毒品附有鎮痛效果，會使痛覺遲鈍。

不過一動用這藥品就註定之後會變成一個廢人，也說不上好或不好。

（但……總算是、做了個了結……）

背叛〈闇獄之家〉，讓一族名譽掃地的傢伙。

多多良總算親手收拾了艾茵。

死在那個家裡的〈姊妹〉、還有死在家族手上的人們。

自己身為最後站在屍骸之上的人，已經貫徹應盡的道義。

這副模樣正是〈遴選〉存活者最棒的死法——

（——啊。）

多多良想到這裡，忽然回想起一件事。

『妳要是死了，我就哭給妳看，大哭特哭！然後我會幫妳辦一場前所未有的盛大國葬。醜話說在前頭，我們國家的國葬可是吵鬧到不行呢。』

史黛菈當時在愛德貝格的露天澡堂裡，單方面和自己訂下了約定。

（……那隻母猩猩、真的是……看她訂了什麼鬼約定。）

幫殺手辦國葬可說是史無前例的蠢事，但是那女人肯定會說到做到。

自己好不容易能完美度過〈闇獄之家〉殺手的最後一刻，她最後居然要用那種蠢祭典來祭弔自己，自己恐怕會死不瞑目。

一個輕易殺死他人的人，怎麼能受他人哀悼？

真是糟糕透頂。

然而——自己卻為這種糟糕透頂的狀況感到開心。這份懦弱簡直不可原諒——

（混蛋……我知道啦…………）

多多良盡可能將餘力貫注於走向死亡的身體。

消逝的黑布已經籠罩自己大部分意識。

她努力抗拒那無法再醒來的永眠，避免死神勾走自己的性命。

只為了再次站在那女人面前，讓那女人明白自己根本多管閒事。

所以——

（黑鐵……你可別讓那傢伙丟了性命啊……）

第十八章　狂飆突進

『阿斯卡里德長官，久候多時了。』

一名身材高䠷的金髮女子打開看守所的房門。負責輔導**女孩**的女職員見狀，隨即起身敬禮。

女子走進房內，擺了擺手，暗示自己不需要招呼。

『哦？就是這小鬼害得奧本隊半數隊員進醫院？』

女子淡淡俯視女職員面前的幼小銀髮女孩。

〈傀儡王〉歐爾．格爾最初的殺人事件。

機密案件〈浴血十字架〉（La Croix Sanglante），年幼的艾莉絲此時才剛失去雙親與親朋好友。

她的神情奇慘無比。

過度哭泣使得雙眼充血，眼瞼嚴重浮腫。

左右異色的雙眸像是兩顆玻璃珠，眼中映照不出任何事物。

別說是眼前的景象，甚至感受不到她自己的情緒。

一切的一切彷彿早已隨淚水流逝。

然而——

『……聽說其他人逮捕她的時候讓她受了危及性命的重傷，現在看來倒是白白淨淨的？連一點傷痕都看不到。』

女職員答道：

『她的能力是再生。根據報告書紀錄，奧本隊長的確一度將她打得奄奄一息，順利壓制住她。但是……她過不了多久就復活過來，再次攻擊奧本隊長與其他隊員。她復甦後的靈裝防禦力遠遠超越第一次對峙的時候，還附加立刻治癒所有損傷的能力。奧本隊長與隊員合力進攻，卻完全傷不了她。』

『……姊弟兩人都踏入〈覺醒（Pluto Soul）〉境界？真是可怕的才能。』

『覺醒……那是什麼？』

『沒什麼。話又說回來，奧本他們陷入那種窘境還有辦法逮捕她？』

『當時全隊缺乏有效攻擊手段，無奈之下採取拖延戰術，打算拖到她魔力耗盡為止，不過途中她忽然斷了線似地昏倒了。據推測可能是身為主謀的男孩解除控制，又或是移動到無法控制的距離外。』

『原來如此，是這麼回事。』

高䠷女子聽完事情經過，坐到艾莉絲的對面。艾莉絲仍一臉茫然若失。

女子對艾莉絲說：

『妳好呀，小妹妹。我先做個自我介紹吧。我叫做雷薇・阿斯卡里德，稱號是〈刺刃(Bayonet)〉，現在是〈國際魔法騎士聯盟〉法國分部的長官。小妹妹……妳叫什麼名字？』

『…………艾莉絲…………』

『艾莉絲，所以妳就是艾莉絲・格爾，對不對？』

『……………』

艾莉絲緩緩點了點頭。

雷薇與艾莉絲之間的對話非常機械性，艾莉絲的發言不是「回答」，而是純粹的「反應」。

心不在焉。

但想想艾莉絲的遭遇，她會變成現在這副模樣也是情有可原。

〈染血十字架〉。

一座偏僻村落，幾乎所有村民都被關在教堂裡，經歷慘無人道的虐待之後遭到殺害。

鑑識人員前往案發現場採證後可得知，這名少女親手虐殺大部分村民，其中還包含艾莉絲的雙親。

不，正確來說是艾莉絲的弟弟，也是本次案件的主犯——歐爾雷斯・格爾操縱艾莉絲犯下這些犯行。

她對弟弟來說，如同最順手的凶器。

艾莉絲意識清醒，身體卻遭到操控，被迫親手殘殺雙親、好友、鄰居。她為了從那場活地獄中保護自己的心靈，將對外在的感知壓抑到最低。

雷薇清楚艾莉絲的狀況，卻仍然對她說道：

『唉唉，我說艾莉絲‧格爾啊。妳弟弟還真是闖了個大禍。雖說只是個不足百人的小村落，他居然屠殺整座村落的居民，只有一人存活。這事件可是前所未有的殘忍，一不小心甚至會危及所有伐刀者的社會地位。而且姊姊還掩護弟弟，與聯盟派出的鎮壓部隊大打出手，託妳的福，不但半數隊員進了醫院，妳那瘋子弟弟還因此順利逃過追捕。你們姊弟倆還真會給人添麻煩。』

『唔……！』

『長、長官！這孩子是受害者，她只是被身為主謀的弟弟操控了！您何必這麼說話！』

雷薇的話成功勾起艾莉絲的注意，艾莉絲渾身開始顫抖。

女職員馬上為艾莉絲說話，雷薇卻嗤之以鼻。

『妳說受害者？這小鬼是那個小混蛋主謀的家人，她是姊姊，比任何人都親近弟弟。那她應該早就心裡有數。她或許早在發生這齣慘劇之前，曾在某個時機察覺弟弟的異狀。不就是她和她死去的父母疏於注意，才招致這起慘案。那座村莊裡發生的一切——全都是妳不好，艾莉絲・格爾。』

『唔、唔嗚、~~~~~~~~！』

『長官!!』

這名女孩受的傷比任何人都重，雷薇卻冷酷無情地逼迫著她。

正常人都無法坐視不管。

女職員氣沖沖地走上前，對雷薇怒吼道：

『請您注意口氣！您再繼續胡說八道，就請您出——……!?』

女職員正要抓住雷薇，忽然停下腳步，到口的斥責也吞了回去。

雷薇的話語極為殘酷，毫不顧慮艾莉絲的心情。

她的雙眼卻與話語相反，滿載深深的憐憫。

『我看過教堂就明白了。那景象隔著螢幕依舊讓人毛骨悚然。那傢伙能搞出那種活地獄，他的心智早就脫離人類的範疇。那是惡魔，價值觀與人類截然不同，以他人的痛苦與恐懼為食。就這樣丟著妳弟弟不管，他恐怕會在世界各地弄出相同的慘劇。這樣妳也覺得無所謂？』

『——……』

艾莉絲聽完雷薇的質問，並沒有立刻回答。

她的感知在危急狀態下變得十分遲緩，需要一點時間來想像未來可能發生的第二、第三場慘劇。

案。

雷薇沒有催促艾莉絲。

她直視著艾莉絲，靜靜等待艾莉絲消化方才的一字一句。

數分鐘後，艾莉絲試著想像弟弟帶來的災害，搖了搖頭，向雷薇給出否定的答

當然不好。

她不可能眼睜睜看著悲劇發生。

雷薇深深頷首：

『沒錯，絕對要阻止這種狀況。妳逃過與村莊共赴死亡的命運，存活了下來，那是因為妳知道自己該負的責任。妳身為血親，沒能在事發之前阻止弟弟，所以妳必須親手為這場慘案劃下句點。』

她語帶堅決地說完，牽起艾莉絲纖弱的手。

雷薇接著說道：

『跟我來吧。我會給妳足夠的力量，讓妳親手完成妳的使命。』

『…………』

『還是說妳想忘記一切，拋下自己的責任、作惡多端的弟弟，試著展開新人生？假如妳放得下，我也能幫妳找個合適的寄養家庭。』

『不要。』

艾莉絲這次答得很快。

自己存活下來的原因，苟且偷生的意義。

艾莉絲原本對這一切感到徬徨，不知何去何從。雷薇的一番話讓她再次體認到自己的責任。

責任感賦予她力量，雙眸重新燃起意志之火。

『請給我……力量。』

雷薇牽著艾莉絲的左手，而她以右手覆上雷薇的手背，緊緊握住。

接著，她發誓道：

『我要……親手、打倒弟弟……！』

◆◇◆◇◆

路榭爾城下市區的某個角落。

兩道身影掀起瓦礫與飛砂，彼此交錯。

一道身影外型嬌小。

那是渾身包裹漆黑外衣的纖細少年。

〈傀儡王〉歐爾・格爾。

另一道身影。

追逐少年的高大身影。

覆上煙霧般的紫色魔光，身著烏黑光亮的騎士鎧甲。

〈無敵甲冑〉。

她就是〈黑騎士〉艾莉絲·阿斯卡里德。

艾莉絲揮動寄宿紫焰的龐大戰斧，不斷攻向歐爾·格爾。

歐爾·格爾則是一味地拉開距離，跑過錯綜複雜的巷弄、牆壁、屋頂，同時朝逼近的艾莉絲施放殺意。

「——！」

數十道殺意纖細且銳利，定睛細看恐怕只能見到閃爍的光線。

那是歐爾·格爾的靈裝〈地獄蜘蛛絲（Black Widow）〉。

這些強韌、細緻的絲線利刃不畏任何障礙，直指目標而去。

電線杆、煙囪、甚至是巨大的建築物，全都如同碰到溫熱刀子的奶油，在絲線之下一刀兩斷。

絲線撕裂空氣，化為風刃迎擊艾莉絲。

不過——

「——！」

他的對手可是〈黑騎士〉，她在二分世界的組織之中身懷排行第四的實力。

數十道斬鋼截鐵的細絲。

艾莉絲勇往直前，手握大戰斧，一刀砍斷所有絲線。

她只用了一刀，就斬斷數十條絲線。

歐爾·格爾的細絲利如風刃，艾莉絲的一擊更是媲美爆炸。

兩者力量天差地遠。

不過這份差距理所當然。

艾莉絲·阿斯卡里德的靈裝〈無敵甲胄〉。

她的靈裝本身就是〈不屈〉之力的體現，能夠掃除眼前所有阻礙，瞬間治療傷口。

這份能力乍看之下極端偏向防禦，其實不然。

〈無敵甲胄〉的防禦力與治癒能力也能轉化為攻擊。

那就是以魔力強化自身行動。

伐刀者不需要黑鐵一輝那種專門強化「體能」的能力，人人都能以魔力推動自身的「動作」，加強自己的速度與力量。

而艾莉絲強化行動的幅度又遠遠超越尋常伐刀者。

一般伐刀者過度強化自身行動，很可能反而炸斷自己的手腳，但是〈無敵甲胄〉的超強治癒力加強她的承受能力；而〈無敵甲胄〉無可比擬的防禦力甚至足以抵擋戰車砲火，讓她不需要顧慮敵人反擊，保持最大火力步步進攻。

攻擊、防禦面面俱到。

這就是〈黑騎士〉的靈裝——〈無敵甲胄〉的真正實力。

艾莉絲的「行動強化」不僅在攻擊上以一敵十。

她同樣活用在速度方面。

艾莉絲砍斷細絲，緊接著蹲低身軀，使勁蹬地再次加速。這一蹬幾乎要掀起整片地面。

她一口氣衝向歐爾・格爾面前，戰斧一揮。

「唔哇嚇死人。吃了剛才那記，可不是受個小傷就能了事呢。」

「…………」

戰斧微微劈開歐爾・格爾的外衣，擊碎柏油路面，卻仍未斬斷敵人的命脈。

歐爾・格爾趁大戰斧陷進地面的小空檔再次拉開距離，專注於逃跑。

艾莉絲再次發揮壓倒性的攻擊力與衝鋒速度，上前追擊。

兩人的戰鬥從開打之初，就一再重複上述橋段。

雙方攻守完全固定，艾莉絲始終掌握著主導權。

——但即便她主導戰況，卻遲遲未能給敵人致命一擊。

為什麼？

原因在於歐爾・格爾的靈裝。

〈地獄蜘蛛絲〉。

歐爾・格爾的魔力絲線能夠隨意操控靈體跟實物，他將這些絲線布置在路樹爾的每一個角落。

就如同一座蜘蛛巢穴。
換句話說，這個戰場上存在無數透明的立足點，而且只有歐爾·格爾可以自由使用。
立足點的有無影響戰況甚鉅。
艾莉絲善於衝刺，然而一旦離開地面，她能採取的行動有限。
她的腳力越強，就越容易固定在同一個行進方向，很難突然停下或急轉彎。
而蜘蛛利用那些看不見的立足點，行動完全不受限制。
他起跳後，在著地之前踩住絲線，再次跳躍。
在降落的同時抓住絲線，緊急煞住腳步。
歐爾·格爾在原本無法行動的半空中進行三角跳躍，直接跳向另一個方向。
一舉一動，隨心所欲。
彷彿整個空間都成為他的立足之地，自由奔走。
兩人的活動範圍有如雲泥之別。
難怪攻守能力、速度都占上風的〈黑騎士〉遲遲無法取他性命。
再加上——
「妳不想跟我說話了？好傷心喔，我最愛的姊姊居然這麼恨我。」
「虧你說得出口……！」
「我說真的呀。而且我不是只喜歡姊姊。姊姊口口聲聲說要殺我為大家報仇，但是我也很喜歡村裡的大家啊。妳想想看嘛，假如我討厭那些人，怎麼可能過了好幾年還記著大家的名字、臉孔跟聲音呢？」

「住口……！」

「像是隔壁的蜜雪兒跟托亞，我們常常一起玩呢。肉店的傑拉爾叔叔跟羅美阿姨，我們家店裡用的肉都是去他們那裡買的，對吧？伊蕾娜姊姊很喜歡照顧人，還有愛裝大人的史蒂芬妮。孩子王卡斯柏，還有他的小跟班貝爾納和艾利克。其實卡斯柏跟伊蕾娜在交往喔？姊姊都不知道對不對？妳很怕生嘛。啊哈　看著姊姊的臉就想起好多回憶喔。真懷念。」

「閉嘴!!」

歐爾・格爾聲聲細語，不斷擾亂著她。

〈無敵甲冑〉保護艾莉絲的肉體，卻守護不了她傷痕累累的心靈。

「唔、為什麼……為什麼你能露出那種表情……你明明、那麼殘忍對待大家……為什麼還能用那麼溫柔的語氣說出大家的名字……！」

「因為大家對我有恩呀。大家在我生日的那一天，把人生送給我了呢。我一直以來只能配合周遭裝出笑臉，而大家讓我露出真正的笑容。所以我真的非常、非──常感謝大家喔！」

「～～～～、啊、啊啊啊啊啊啊!!」

「唔哇！嘿，好險好險。」

「夠了……我不想再聽你說任何一句話，再聽下去我一定會瘋掉！我現在就砍斷你的喉嚨！」

「別這樣嘛。」

歐爾・格爾的低喃全都是真心話，因此那每一句話都撕扯著艾莉絲的心。痛苦激起她的憤怒，憤怒轉化成力量，呈現在她的行動上。

艾莉絲的攻擊漸漸凌亂起來。

但是——

（激動得恰到好處呢。）

艾莉絲開始出現明顯破綻，歐爾・格爾卻沒有轉守為攻。

蜘蛛靜靜地緊盯殺意之中的焦躁。

他很清楚自己的弱點。

（我的能力不適合戰鬥。）

歐爾・格爾在〈解放軍〉的主要任務是「輔助」，平時多是以絲線控制世界局勢，或是操縱人偶補足任務缺少的人手。他在戰鬥之外才能發揮自己的實力。

他正面對上艾莉絲、華倫斯坦這些專職戰鬥的伐刀者，恐怕會占下風。

所以歐爾・格爾故意不和艾莉絲正面對峙。

他不會輕易進攻。

他拐彎抹角擾亂對手，一步步將對手誘進自己的領域。

於是——他久候多時的良機終於到來。

艾莉絲追逐到一半，全身動作戛然而止。

「…………!?」

至今專注於逃跑的歐爾・格爾也跟著停下腳步：

「姊姊，我不是說過了嗎？『就讓我們繼續那一晚吧。』」

「！」

下一秒，艾莉絲驚覺異狀。

自己全身纏滿數不清的細線，動彈不得。

沒錯，這裡是蜘蛛的巢穴。

歐爾・格爾早在每一處布下絲線。

這些絲線平時如同靈體，不會介入物理現象，肉眼也無法辨識，但是絲線的的確確存在於此處。

艾莉絲在這種地方胡亂活動身體，下場可想而知。

絲線會一層又一層，緊緊纏住她。

歐爾・格爾等著她身上纏住足夠的絲線，才將絲線化為實體。

接著，他啟動了那一招。

他在做為一切開端的那一晚——〈染血十字架〉中捉住艾莉絲與村民，邪惡無比的伐刀絕技。

〈提線人偶〉。

他再次控制了艾莉絲，奪走身體的主導權。

「礙事的傢伙實在太多了，請姊姊再保護我一次——」

——原本應該演變成這種局面。

「咦？」

歐爾．格爾試著操控艾莉絲，這才發現。

捆住艾莉絲的那些絲線。

自己正打算操縱扣住絲線的手指，卻發現手指一動也不動。

「唔——！」

緊接著，一道陰影籠罩歐爾．格爾的視線範圍。

艾莉絲揮動大戰斧，上前突襲。

歐爾．格爾急忙向後一跳，在千鈞一髮之際躲過攻擊。

他這次迴避得相當匆忙。

要不是一開始透過絲線得知艾莉絲的動向，自己現在已經身首異處。

歐爾．格爾心想，不由得冷汗直流。

不過〈提線人偶〉無效帶來的驚恐遠勝剛才的驚險一瞬間。

歐爾．格爾好歹也是一名〈魔人〉。

他馬上就發現是什麼力量造成眼前的狀況。

（姊姊不是單純靠臂力抗拒我的操控。這是她的『引力』……！）

伐刀者之間的戰鬥，即是彼此爭奪掌控命運的大權。

更別說超脫因果之外的〈魔人〉，這個現象更明顯。

當年〈刺刃〉雷薇・阿斯卡里德收養了艾莉絲，而艾莉絲在那之後的所有人生，全是為了這一天而活。

她要解決從自己手中奪走一切，殺死雙親、好友的仇敵。

殺死〈傀儡王〉歐爾・格爾，報仇雪恨。

艾莉絲只為了這個目的，嚴苛地鍛鍊自己。

她的執著、怨恨、決心成為某種詛咒，牢牢糾纏著自己。

她**絕不容許**自己再次受歐爾・格爾操控，重現〈染血十字架〉。

她怎麼可能讓他趁心得意？

因為〈黑騎士〉艾莉絲・阿斯卡里德就是為了殺他而存在！

「——哼！」

「〈殺人戲曲（Grand Guignol）〉……！」

艾莉絲任憑歐爾・格爾的惡意捆住全身，第三次逼近。

預料之外的狀況令歐爾・格爾面露焦慮，但他仍然出手迎擊。

指尖一彈，自身周遭的絲線應聲四散。

這一次絲線斬擊的數量超越至今的所有攻擊。

——歐爾・格爾終究只增加了數量。

「!?」

數百、數千道絲線形成的飽和攻擊，足以瞬間將敵人切成肉片。

〈無敵甲冑〉卻硬生生擋下所有攻擊。

懾人的金屬敲擊聲與火花接連不斷，鎧甲的黑曜光澤依舊閃耀無瑕。

她筆直奔馳，奔向她必須擊敗的敵人。

衝刺。

「那就用……這一招！」

歐爾・格爾見狀，改變攻勢。

絲線斬擊不夠沉重。

純粹的鋒利無法穿透敵人的重甲。

那麼——就利用重量。

〈機械降神(Deus ex machina)〉。

這項伐刀絕技能以絲線連結四周的結構體，製作出龐大的人偶。

歐爾・格爾將拉開的絲線當成弓弦，將結構體連結為箭，一箭射出。

噴水池的石像、電線杆、教堂的尖塔、整棟民房。

重達數噸的質量搭配繃緊的絲線，速度如同槍砲。

其威力遠遠高過戰車大砲數十倍。

然而——

「——」

〈黑騎士〉並未止步。

石像、電線杆、尖塔、民房接連飛來——

她以身體接下所有瓦礫砲彈，無畏地向前邁進。

那非比尋常的防禦力宛如堅不可摧的要塞。她擋下歐爾·格爾的所有攻擊，一次又一次逼近他。

大戰斧一再劈砍。

歐爾·格爾利用蜘蛛絲接連閃避，但是——

「咿！」

劈砍掀起的風壓劃破他的左臂皮膚，擊碎周遭的建築物。

歐爾·格爾見識到這幅景象，也不得不體認到一件事。

（這下麻煩了。我的攻擊該不會都起不了作用？）

背脊爬過陣陣惡寒，額頭冒出冷汗。

不過——他好歹是伐刀者中的稀世天才。

「也罷，那我也有其他打算。」

艾莉絲再次劈砍。歐爾·格爾沿著蜘蛛絲連續三角跳，飛過艾莉絲頭頂，繞到後方。

他當然不會從背後進攻。

單憑自己的攻擊力，從背部偷襲也傷不了艾莉絲。

歐爾・格爾心知肚明。

他逃了。他趁著艾莉絲轉身的片刻，將所有心力與機會投注於逃跑。

艾莉絲見敵人再次拉開距離，回頭打算追上歐爾・格爾——就在這剎那⋯⋯

「⋯⋯！」

她終於察覺身上的異變。

她轉身正要邁步的瞬間，鎧甲其中一個較薄的關節部分——她的脖子傳來強烈的壓迫感。

這當然是歐爾・格爾的靈裝〈地獄蜘蛛絲〉造成的。

無所謂。

艾莉絲早就全身纏滿絲線。

這些絲線面對〈無敵甲冑〉以及艾莉絲只為對付歐爾・格爾淬鍊出的引力，就如同纏繞全身的雲煙，無力牽制她。但是——

頸部的壓迫感比身上的任何一條絲線都來得強烈，漸漸穿透鎖子甲，陷進鎧甲深處。

艾莉絲這才發現。

這股力量並非出自歐爾・格爾。

「啊哈，妳也注意到了呢。沒錯，這是姊姊的力量。姊姊越是出力，妳的力量就會使絲線越絞越緊。」

自己的力量無法綁住對手，那就借用外力。歐爾·格爾深知自己戰鬥能力不佳，總是握有數張手牌彌補自己的不足。

而且「窒息」是〈無敵甲冑〉唯一廣為人知的弱點。

艾莉絲在去年的A級聯盟中敗績甚少。

其中一次與〈海王〉的戰鬥中就暴露這個弱點。

即便她的自癒能力再怎麼優異，也不可能憑空製造出氧氣。

「這麼做就算是姊姊也——」

無法動彈。

歐爾·格爾信心滿滿的見解——一轉眼就遭到顛覆。

（欸————）

一瞬間的鬆懈。

僅僅一眨眼的片刻。

黑曜斧刃瞬間直飛眼前而來。

怎麼會？他明明拉開足夠的距離了。

答案是「投擲」。

艾莉絲卯足全力，將戰斧擲向遠處的歐爾·格爾。

歐爾．格爾以為自己占上風，不慎鬆懈了短暫片刻。

艾莉絲瞄準了那些許的破綻。

戰斧不斷迴旋，直指歐爾．格爾而去。

刀刃彷彿受他的身軀吸引，即將斬斷他柔弱的軀體。

歐爾．格爾已經來不及閃避。

他的雙腳甚至沒時間施力。

——不過，歐爾．格爾好歹以〈魔人〉之身長年身處於暗處，經驗在危急之際超越意識，直接引導身體採取適當行動。

左手小指。

將第一指節稍稍向上彎。

歐爾．格爾的身體直接向上升起。

他起跳了——並不是。

他只是操控捆住自身的絲線，往正上方吊起身體。

艾莉絲的奇襲最後只微微擦傷歐爾．格爾的大腿——

——不、不只如此。

「唔、嗯!?!?」

歐爾．格爾的視線忽然染上一片漆黑。

他還來不及思考，一道重擊頓時撞上臉孔。

劇痛直衝後腦勺，意識迸發點點星火，淚水溢滿了視野。

歐爾・格爾在一連串的反應中，察覺這股衝擊的真面目。

這是艾莉絲的拳頭。

艾莉絲早就知道自己身處於蜘蛛巢穴，她對於周遭狀況一清二楚。

她當然料到歐爾・格爾會動用絲線向上逃。

艾莉絲看穿敵人的動向，一記全力反擊就往他臉上招呼。

她的右拳由上往下毆打歐爾・格爾臉部，他的身體彈向地面、滾了又滾。

眼淚、鼻血侵蝕著他的呼吸與視線——

「呃!?～～～～、〈殺人戲曲〉!!」

歐爾・格爾倒臥在地，仍然施放絲線斬刃避免敵人追擊。

——這不過是垂死掙扎。

他剛才早就親眼證實，〈殺人戲曲（這一招）〉對眼前的敵人根本不管用。

艾莉絲的追擊並未停歇。

她彈飛成千上萬的斬光，奔向仰躺在地的歐爾・格爾，一腳踩住他的右手。

「啪嘰」一聲，手臂中段應聲扭斷，現在的他彷彿一具被折斷手的橡皮人偶。

「咿、唔——混、蛋！」

歐爾・格爾舉起左手，打算再次施放〈殺人戲曲〉。艾莉絲一把抓住手腕。

接著——憑蠻力捏碎骨頭。

「呃啊啊啊啊啊啊啊啊啊啊啊啊啊啊啊啊!!」

劇烈疼痛貫穿腦門，歐爾．格爾忍不住放聲慘叫。

艾莉絲卻不准他出聲。

——這傢伙沒有哭喊痛楚的權利。

「咕噗！」

艾莉絲的右手使勁握緊歐爾．格爾痛苦顫抖的脖子。

緊接著順勢將他的頭部砸向地面，以全身力道勒緊他的喉嚨。

（她、她為什麼……動得、唔!?）

歐爾．格爾完全落入艾莉絲的掌控中，臉上滿是震驚與疑惑。

他確實將絲線纏住艾莉絲，讓她施力之餘勒住自己的脖子。

她的動作這麼大，絲線早就砍斷她的脖子才對。

為什麼？艾莉絲到底是怎麼逃過絲線的束縛？

此時〈無敵甲冑〉的頭盔隙縫流下某樣物體，滴在歐爾．格爾臉上——謎題頓時揭曉。

那是血液與唾沫交雜的水泡。

絲線確實引入艾莉絲自己的力道，絞緊了她的脖子。

直到現在這一刻仍未解開。

絲線甚至深入〈無敵甲冑〉內部，劃傷了頸部肌肉。

然而，艾莉絲面對如此痛苦——

（她、無所謂嗎……）

「去死……！去死、去死吧！我要殺了你！」

腦細胞隨著窒息逐漸死去。

絲線一點又一點切割肌肉。

艾莉絲卻以〈無敵甲胄〉的持續治療撐過這些痛苦。

但是這個行為如同在船底開了洞的船上舀水。

她遲早會走向滅亡。

不過她將一切後果拋諸腦後。

只要自己能在敗亡之前折斷手中的細頸，一切都值得！

「啊————————呃……」

〈無敵甲胄〉漆黑的手指逐漸埋入歐爾．格爾的頸部。

壓制的力量逐漸增強，四周的柏油路面隱隱龜裂。

血流受阻，歐爾．格爾的臉孔逐漸呈現紅黑瘀青，眼珠幾乎凸了出來。

歐爾．格爾扭動身軀嘗試掙扎，但他雙手已斷，無計可施。

戰局已定。

差一點。

還差一點就能殺死他。

但是——

「————唔————」

「嗚、～～～～～～～～～～～～～～～～!!」

艾莉絲原本不動如山，身體忽然間一陣痙攣，渾身一跳。

此時她勒住歐爾・格爾的力道隱隱鬆動了一下。

歐爾・格爾不會放過這條千載難逢的活路！

「嗚……」

他以赤裸的右腳拇指拉動絲線。

艾莉絲腳下的柏油碎塊**忽然傾斜**。

地板滑向一旁，艾莉絲的重心跟著一歪。

歐爾・格爾趁機逃離艾莉絲的束縛，往空中踩上三大步，衝上天空。

「呃咳！咳喝！嘎哈！哈、呼唔……！咿……！」

他的頸骨似乎裂開了。

每吸入一口空氣，頭骨都痛得彷彿快整個裂開。

歐爾・格爾強忍劇痛，勉強呼吸讓氧氣傳至大腦。他重新體會到狀況究竟多麼不妙。

他沒想到雙方實力差距如此龐大。

現狀完全出乎預料。

總之他要趕快趁現在治療斷手，不然連防禦都做不到。

歐爾・格爾決定對策，轉身就逃。

他目不斜視，踏上四周的網巢，逃向艾莉絲無法追來的高空中。

「你以為你逃得掉？」

但是他硬生生被人阻斷去路。

他最後的活路遭到斬斷，邪惡企圖徹底粉碎。

緋紅劍姬身負熾烈火焰之翼，佇立於高空之上。

她就是〈紅蓮皇女〉——史黛菈・法米利昂。

「啊——————」

「世界上沒有任何一個人是該死的。

我覺得這句話很美好，但是身為一個政治人物，這句話聽起來簡直是童話故事。

這世界上絕對有人**死了對全世界都好**。

這種人渣只要活著一天，就會為成千上萬的人們帶來災難。

——歐爾・格爾，你就是這種人。所以呢——」

史黛菈說著，在歐爾・格爾面前揮動**光之劍**——

「燒盡一切！〈燃天焚地龍王炎(Calusaritio・Salamander)〉————!!」

斬天劈地的一劍朝著蜘蛛無情落下。

間章 遲來的魔女

兩國代表在奎多蘭首都展開衝突之際，就在同一時間。

一架飛機趁夜降落在法米利昂首都機場。

那是一架小型噴射機，機身繪有〈聯盟〉的徽章。

這架飛機有特別權限，能在沒有事前聯絡的狀況下，進入任何聯盟加盟國的領空或機場，僅限緊急時刻使用。

這架飛機自然是前來支援法米利昂。

兩國協議以五對五代表戰分勝負，聯盟就不好直接出手協助某一方，但仍能間接提供支援。

抵達法米利昂的這些人才全都是醫療魔法專家。

法米利昂缺乏醫療魔法相關人才，這些人物就如同天降甘霖，十分可貴。

戰爭不論輸贏，一定會出現傷者。

更別說率領團隊的人，正是名聞遐邇的〈白衣騎士〉。

法米利昂特地派出皇室親衛隊與法米利昂首席劍術高手，法米利昂聯盟分部長——丹尼爾·丹達利昂前去護衛醫療團隊。

「霧子醫師，歡迎您的到來。」

法米利昂親衛隊長在機場與醫師團會合後，向眾人鞠躬表示感謝。

「您看起來比傳聞更加年輕，真令人吃驚。醫療魔法領域的年輕天才醫師——〈白衣騎士〉居然願意前來支援，真是讓我國信心大增。還請您多多關照了。」

「現在就要立刻前往奎多蘭嗎？」

少女詢問接下來的行程，隊長答道：「不。」

「還請各位先在法米利昂王城待命。〈黑騎士〉大人已經事先在路榭爾設置好〈白翼宰相〉的『大門』，有任何狀況再麻煩各位隨我們一同前往路榭爾。」

「我明白了，那能否麻煩您帶路？」

「當然可以。我們已經在外頭備好車輛，請跟我來。」

隊長語畢，正要領著醫師團前往出口——

「慢著。」

丹達利昂卻阻止了他。

「丹達利昂大人？」

「她不是〈白衣騎士〉。」

「咦!?」

隊長一驚，回頭看了看少女。

丹達利昂代替隊長走上前。

他一臉疑惑地俯視少女，問道：

「妳怎麼會在這？霧子醫師上哪去了？」

少女的翠色眼眸回視丹達利昂，答道：

「不久前日本爆發『逃獄事件』，〈世界時鐘(World Clock)〉、〈雷切〉前往鎮壓，老師必須前去支援她們，暫時無法離開日本。我是老師的直傳弟子，所以我**說服**他們，讓我代替老師前來貴國支援。」

惹人憐愛的嬌小臉龐淡淡一笑，臉上毫無所懼，信心十足。

「請放心。我黑鐵珠雫一定比任何人適任這份職責。」

後記

Mamemi！

非常感謝各位購買、閱讀落第騎士十三集。

我是海空陸，最近剛在Switch出道成為新手烏賊。

「Splatoon」這個遊戲規則還不少，但真的很有趣。我最愛用的武器是雙槍。總有一天想扛著蓄力槍讓對手嘗嘗看單方面被痛毆的痛苦和恐懼。然後我準頭真是爛到炸了。

這一集其實還有附廣播劇CD的特別版。（註3）這次請來動畫版的聲優陣容為落第騎士第九集的內容配上聲音。

我自己曾前往配音現場參觀一部分錄音。可以親耳聽到自己創造的角色開口說話，真的很令人感動。各位聲優演出十分精采，曾在動畫擔任劇本統籌的安川先生

註3 此為日本國內企劃。

也負責編寫這次的廣播劇劇本，這次的廣播劇一定十分出色。希望各位讀者也能親自買來聽聽看。

我在寫這篇後記的時候，作品還尚未完成，我現在已經迫不及待想聽到完整版本了！

最後向一路支持本作的各位致上謝意。

WON老師、漫畫版的空路老師、各位編輯部同仁，以及參與這次廣播劇CD製作的各位工作人員，非常感謝大家讓這部作品更加多采多姿。

而我還是最感謝各位讀者的支持，這部作品已經來到第十三集，各位仍然不離不棄。託各位的福，七星劍武祭的決賽配上了聲音。作者本人在那段劇情花了不少心思，所以能見到廣播劇問世真的開心得不得了。

一輝、史黛菈順利贏得第一場戰鬥，多多良和艾茵拚成平手，艾莉絲與歐爾・格爾一戰也完全占上風。戰況開始倒向法米利昂方，他們能否繼續趁勝追擊？希望各位也能在下一集繼續關注這場史黛菈的守護祖國之戰。

那麼，期待與各位在第十四集相見了！

落第騎士英雄譚

浮文字
落第騎士英雄譚 13
（原名：落第騎士の英雄譚13）
著　者／海空陸
發行人／黃鎮隆
總編輯／洪琇菁
執行編輯／曾鈺淳
企劃宣傳／邱小祐
封面插畫／WON
協　理／陳君平
國際版權／黃令歡
美術編輯／李政儀
內文排版／謝青秀
譯　者／堤風
文字校對／施亞蒨

出　版／城邦文化事業股份有限公司 尖端出版
台北市中山區民生東路二段一四一號十樓
電話：（〇二）二五〇〇—七六〇〇
傳真：（〇二）二五〇〇—二六八三
E-mail：7novels@mail2.spp.com.tw
發　行／英屬蓋曼群島商家庭傳媒股份有限公司城邦分公司 尖端出版
台北市中山區民生東路二段一四一號十樓
電話：（〇二）二五〇〇—七六〇〇（代表號）
傳真：（〇二）二五〇〇—一九七九
北區經銷／祥友圖書有限公司
電話：（〇五）八五一—一—三八五一
傳真：（〇二）八五一—一—四二五五
中彰投以北經銷／楨彥有限公司（含宜花東）
電話：（〇二）八九一—九—三三六九
傳真：（〇二）八九一—四—五五二四
雲嘉經銷／智豐圖書有限公司　嘉義公司
電話：（〇五）二三三—三八五二
傳真：（〇五）二三三—三八六三
客服專線：〇八〇〇—〇二八—〇二八
南部經銷／智豐圖書有限公司　高雄公司
電話：（〇七）三七三—〇〇七九
傳真：（〇七）三七三—〇〇八七
一代匯集／香港九龍旺角塘尾道六十四號龍駒企業大廈十樓B&D室
電話：（八五二）二七八三—八一〇二
傳真：（八五二）二五八二—一五二九
E-mail：hkcite@biznetvigator.com
新馬經銷／城邦（馬新）出版集團Cite（M）Sdn. Bhd.
E-mail：cite@cite.com.my
法律顧問／王子文律師　元禾法律事務所
台北市羅斯福路三段三十七號十五樓
二〇一八年八月一版一刷

■中文版■

郵購注意事項：
1. 填妥劃撥單資料：帳號：50003021戶名：英屬蓋曼群島商家庭傳媒(股)公司城邦分公司。2. 通信欄內註明訂購書名與冊數。3. 劃撥金額低於500元，請加附掛號郵資50元。如劃撥日起 10～14日，仍未收到書時，請洽劃撥組。劃撥專線TEL：(03)312-4212 ・ FAX：(03)322-4621。E-mail：marketing@spp.com.tw

國家圖書館出版品預行編目資料

落第騎士英雄譚 13 / 海空陸 著 ; 堤風譯.
--1版.--臺北市：尖端出版, 2018.08
面 ; 公分.--(浮文字)
譯自:**落第騎士の英雄譚**
ISBN 978-957-10-5552-7(第1冊：平裝)
ISBN 978-957-10-5650-0(第2冊：平裝)
ISBN 978-957-10-5806-1(第3冊：平裝)
ISBN 978-957-10-5839-9(第4冊：平裝)
ISBN 978-957-10-5968-6(第5冊：平裝)
ISBN 978-957-10-6044-6(第6冊：平裝)
ISBN 978-957-10-6211-2(第0冊：平裝)
ISBN 978-957-10-6338-6(第7冊：平裝)
ISBN 978-957-10-6500-7(第8冊：平裝)
ISBN 978-957-10-6694-3(第9冊：平裝)
ISBN 978-957-10-7144-2(第10冊：平裝)
ISBN 978-957-10-7523-5(第11冊：平裝)
ISBN 978-957-10-7824-3(第12冊：平裝)
ISBN 978-957-10-8195-3(第13冊：平裝)

861.57 103003318

落第騎士英雄譚

落第騎士英雄譚